Titre original
Nancy Drew Girl Detective
 # 1 Without a trace

Carolyn Keene

Vol sans effraction

Traduit de l'anglais (USA)
par Anna Buresi

BAYARD JEUNESSE

1. Le vandale frappe

Je m'appelle Nancy Drew et, d'après mes amis, je ne suis bonne qu'à provoquer les ennuis. Franchement, ça se discute. Moi, je dirais plutôt que ce sont les ennuis qui me trouvent! On pourrait même croire que je les attire!

Tenez, la semaine dernière, par exemple...

Vendredi après-midi, en rentrant à la maison après avoir aidé à distribuer des repas aux sans-abri, je fus accueillie par un concert de hurlements.

— ... et si personne ne fait rien, ça ira mal, c'est moi qui vous le dis! tonnait une voix furieuse que je ne reconnus pas.

«Attention, Nancy!» pensai-je, déjà en alerte. J'ai une sorte de sixième sens pour tout ce qui est bizarre ou mystérieux, et il me titillait déjà! L'homme qui avait lancé ces mots était violent, presque désespéré, même. Il ne s'agissait pas d'une visite ordinaire, surtout par ce jour d'été paisible et nonchalant!

Aussitôt, je me précipitai vers l'endroit d'où provenaient les cris: le bureau de mon père. Papa veille sur moi depuis que maman est morte, quand j'avais trois ans. Je le trouve génial, et je ne suis pas la seule à être de cet avis! Demandez à n'importe quel habitant de River Heights, notre petite ville du Middle West, de désigner l'avocat le plus honnête et le plus respecté: il nommera toujours Carson Drew! Le cabinet de papa se trouve dans le centre-ville, mais il reçoit parfois ses clients dans son agréable bureau lambrissé, au rez-de-chaussée de notre grande maison.

Je m'approchai de la porte sur la pointe des pieds, renvoyai mes longs cheveux en arrière pour dégager mon visage et collai une oreille contre le battant en chêne. Mes copines appellent ça «espionner». Moi, j'appelle ça «se tenir informé».

J'entendis papa qui disait avec calme:

— Voyons, gardons la tête froide. Nous finirons par en avoir le cœur net, j'en suis sûr.

– Je l'espère bien ! maugréa le visiteur. Sinon, j'entamerai des poursuites ! C'est une violation de mes droits de contribuable !

J'essayai de l'identifier, car sa voix commençait à me sembler familière. Mais, tout à coup, un bruit de pas se rapprocha du seuil. Je bondis en arrière, juste à temps pour ne pas partir la tête la première alors que la porte s'ouvrait.

– Nancy ! s'exclama papa.

Et il sortit dans le vestibule en fronçant les sourcils. De toute évidence, il était contrarié de me voir dans les parages ! Un homme corpulent et bien vêtu lui emboîta le pas. Il avait des cheveux gris ondulés, plutôt en bataille, et son front était baigné de sueur.

– Tu connais Bradley Geffington, notre voisin, me dit papa en le désignant.

– Oui, bien sûr ! m'écriai-je, reconnaissant aussitôt le visiteur.

Bradley Geffington habite à deux pâtés de maisons de chez nous ; de plus, il dirige la banque locale où papa et moi avons chacun notre compte courant.

– Euh… enfin, je sais qui il est, rectifiai-je. Enchantée de vous voir, monsieur Geffington.

– Bonjour, Nancy, me répondit Bradley Geffington.

Il me serra la main d'un air distrait et préoccupé. Jetant un coup d'œil du côté de mon père, il lança :

— Je n'aurai de cesse de découvrir le fin mot de cette affaire, Carson ! Si Harold Safer est à l'origine des dégâts commis dans ma propriété, il me le paiera, je vous en donne ma parole !

J'eus un mouvement de surprise. Harold Safer est lui aussi un habitant de notre paisible quartier, situé en bordure d'une rivière ombragée d'arbres. C'est lui qui possède la crémerie du coin. S'il est un peu excentrique, il a bon naturel, et les gens l'aiment bien.

— Excusez-moi, monsieur Geffington, dis-je. Si je puis me permettre de vous poser la question... que vous a fait M. Safer ?

— Tu n'as pas à t'excuser, déclara Bradley Geffington en haussant les épaules. Je tiens à ce que tout le monde soit au courant ! Je veux que personne n'ait à subir la même catastrophe que moi ! Il a massacré mes courgettes !

Je ne m'attendais vraiment pas à une accusation de ce genre !

— Vos courgettes ? fis-je. Euh... comment ça ?

— Oui, Bradley, si vous racontiez toute l'histoire à Nancy ? glissa papa. C'est elle, la détective amateur de la famille ! Elle pourra peut-être vous aider à éclaircir la situation. Nous verrons ensuite comment procéder à partir de là.

Papa était perplexe – mais il fallait le connaître aussi bien que moi pour s'en apercevoir. Il prend toujours ses affaires très au sérieux, car il sait que ses clients comptent sur son aide dans les mauvais moments. Après tant de célèbres affaires judiciaires, d'importants procès et de récapitulations primordiales devant les grands jurys, il devait être stupéfait qu'on veuille le charger d'entamer des poursuites pour une banale affaire de *courgettes* !

Bradley Geffington ne parut pas en avoir conscience, heureusement ! Il commença d'un air songeur :

– J'ai effectivement entendu dire que Nancy a un certain talent pour résoudre les mystères... Alors, pourquoi pas ? Voici les faits. Mardi après-midi, je possédais encore dans mon jardin un magnifique carré de courgettes. Cinq plants. Plus d'une douzaine de superbes légumes mûrs à point, bons pour la poêle à frire. J'avais presque l'impression de sentir sur ma langue le goût des beignets bien dorés...

Il se pourlécha les lèvres en joignant les mains, puis secoua la tête d'un air désolé.

– Que s'est-il passé ? lui demandai-je.

– Eh bien, mercredi matin, je suis sorti arroser mon jardin avant d'aller au travail, comme d'habitude. Et, là, j'ai vu mes courgettes ! Enfin, ce qu'il en restait..., rectifia-t-il d'une voix navrée. On aurait dit qu'on les avait écrasées à coups de massue. Il y avait des lambeaux et des morceaux verts partout !

— C'est scandaleux ! m'exclamai-je.

Cela avait tout l'air d'un acte de vandalisme. Cependant, je ne voyais pas pour quelle raison on aurait pris la peine de massacrer des plants de courgettes !

— Qu'est-ce qui vous fait penser que M. Safer est le coupable ?

Bradley Geffington leva les yeux au ciel, puis déclara :

— Depuis le début de l'été, il n'a pas arrêté de se plaindre et de ronchonner. À ce qu'il paraît, mes échalas de tomates lui bouchent la vue et lui gâchent ses satanés couchers de soleil.

Je réprimai un sourire. En plus de l'étourdissante variété de fromages qu'il vend dans sa boutique, Harold Safer est connu en ville pour ses deux marottes : les comédies de Broadway et les couchers de soleil. Il part dans l'Est, à New York, deux fois par an et y passe une quinzaine de jours pour voir à Broadway tous les spectacles possibles. Il a aussi fait construire à l'arrière de sa maison une immense véranda avec vue sur la rivière, dans le seul but de contempler chaque soir le soleil couchant derrière les collines.

Harold Safer a aussi la réputation d'être bon et sensible. Il va même jusqu'à remettre dans l'herbe les vers de terre égarés sur le trottoir de sa maison, après la pluie. Je ne le voyais vraiment pas en train de massacrer quoi que ce soit, et surtout pas le jardin d'un voisin !

— OK, dis-je prudemment. Mais, si ce sont vos tomates qui le dérangent, pourquoi s'en serait-il pris à vos courgettes ?

— Je n'en sais rien ! s'écria Bradley Geffington. C'est toi, la détective ; à toi de trouver pourquoi. Tout ce que je sais, c'est que ma récolte de courgettes est fichue, et qu'il est le seul qui ait pu la détruire !

Il consulta sa montre et soupira :

— Il faut que j'y aille. Ma pause déjeuner est presque finie, et je voudrais passer à la jardinerie, pour voir s'il leur reste des plants de courgettes.

Papa le raccompagna avec moi jusqu'au seuil. Puis, ayant refermé la porte derrière lui, il me demanda :

— Tu veux bien t'occuper de ça, Nancy ? C'est une affaire un peu idiote, je te l'accorde. Mais cela m'ennuierait que deux bons amis se fâchent pour une histoire aussi ridicule !

Sur ce point, papa avait raison. De plus, s'il y avait vraiment, dans le voisinage, quelqu'un qui se baladait avec une massue, prêt à écrabouiller va savoir quoi, il valait mieux découvrir qui c'était et ses raisons d'agir !

— Je ferai de mon mieux, promis-je. Bess et George vont arriver d'une minute à l'autre. On devait faire du shopping, mais elles seront ravies de mener une petite enquête à la place, j'en suis sûre !

Comme à point nommé, la sonnette d'entrée retentit, et je me dépêchai d'aller ouvrir. Mes deux meilleures amies apparurent dans l'encadrement.

Bess Marvin et George Fayne ont beau être cousines, elles ne se ressemblent pas du tout ! Chaque fois que je les vois, je n'en reviens pas. Bess est blonde et pulpeuse, et elle a des fossettes ravissantes. En fait, sa photo serait idéale pour illustrer le mot « féminine » dans un dictionnaire : elle raffole des bijoux et sait mettre sa beauté en valeur ; son armoire regorge de vêtements sympa et de tenues chic. George, c'est tout le contraire ! Elle a un physique anguleux, athlétique, des cheveux noirs coupés court. Elle se fiche des bijoux, et son vêtement préféré, c'est le jean. Gare à ceux qui l'appellent par son vrai prénom, Georgia. Elle a vite fait de les remettre à leur place !

Papa les salua toutes les deux, puis se retira dans son bureau. Bess et George me suivirent dans le séjour, tandis que je leur exposais rapidement l'affaire des courgettes écrabouillées.

– C'est une blague, ou quoi ? me lança George avec son franc-parler habituel. Ne me dis pas que tu es en manque de mystères au point de vouloir enquêter sur un truc pareil !

Quant à Bess, elle commenta avec un petit rire :

– Ne sois pas trop dure, George ! Cette pauvre Nancy n'a pas eu le moindre petit cambriolage ou kidnapping à se mettre sous la dent depuis… combien ?… au moins quinze jours ! On ne peut pas lui en vouloir !

– OK, ce n'est pas une vraie affaire, concédai-je en souriant. Mais j'aimerais quand même découvrir de quoi il retourne avant que M. Geffington et M. Safer se brouillent pour de bon. Vous imaginez la cata, s'ils se faisaient un procès pour une chose aussi idiote ?

– D'accord là-dessus, admit Bess.

– Vous allez m'aider, alors ? lançai-je.

Bess eut l'air déçu : elle adore faire du shopping ! Mais elle finit par sourire en affirmant d'un air décidé :

– Évidemment !

George hocha la tête, en ajoutant avec un sourire en coin :

– En plus, cette super enquête sur le Tueur de Légumes éloignera peut-être Nancy des *vrais* ennuis !

***

Quelques minutes plus tard, nous nous retrouvions confortablement assises dans l'élégant living de Mme Cornelius Mahoney, avec deux autres voisines, Mme Thompson et Mme Zucker. Mme Mahoney habite au bas de la rue de Bradley Geffington. Quand nous nous étions présentées chez elle, elle nous avait aimablement invitées à entrer, pour être à l'abri du soleil et prendre un thé avec ses invitées.

Elle déposa devant nous un plateau, et ses yeux noisette brillèrent de bonté sous sa frange grisonnante.

– Voilà, les filles, nous dit-elle de sa voix frêle et aiguë. Un bon thé glacé pour vous désaltérer. Ne vous gênez pas pour piocher dans l'assiette de cookies, surtout.

George ne se le fit pas dire deux fois : elle tendit la main pour rafler une poignée de cookies dans l'énorme plat de biscuits maison disposé sur la table basse en acajou.

– Si c'est ça, le travail de détective, j'adore ! me chuchota-t-elle.

George peut dévorer autant qu'elle veut, elle ne prend jamais un gramme ! Elle garde sa silhouette élancée, au grand agacement de Bess.

Ellen Zucker, une séduisante et souriante trentenaire, s'adressa à moi en sucrant son thé.

– Alors, Nancy, ton père et Hannah vont bien ? Au fait, tu remercieras Hannah pour son excellente recette de… Ah, zut ! Excusez-moi une seconde !

Elle se leva et s'élança vers la fenêtre ouverte pour crier à son fils :

– Owen ! Tu peux jouer dehors à condition de rester à l'écart de la route, compris ?

J'échangeai un regard amusé avec George et Bess. Le petit Owen Zucker, âgé de quatre ans, était un vrai garnement. À notre arrivée, nous l'avions vu jouer au base-ball dans l'allée d'accès de la villa. Nous avions déjà eu l'occasion d'être ses baby-sitters, toutes les trois, et nous savions qu'il suffisait d'un moment de distraction pour qu'il fausse compagnie à celle qui le gardait. Il débordait d'énergie !

– Pauvre Owen, soupira Mme Zucker en se rasseyant. Il s'ennuie mortellement en m'accompagnant de maison en maison. J'ai passé la semaine à frapper à toutes les portes du voisinage pour la collecte de dons en vue du feu d'artifice d'Anvil Day.

Je souris. Mme Zucker avait mis dans le mille en venant chez Mme Mahoney, une des personnes les plus riches de notre ville. Elle était la veuve de Cornelius Mahoney, l'unique descendant d'Ethan Mahoney, fondateur de la Mahoney Anvil Corporation au début du XIXe siècle. Il y a longtemps qu'on n'exploite plus le minerai de fer et qu'on ne fabrique plus d'en-clumes dans notre région, mais la fête annuelle d'Anvil Day – le « Jour des Enclumes » – perpétue le souvenir des forges à River Heights, et la fortune des Mahoney est plus gigantesque que jamais. Du temps où Cornelius était en vie, la majeure partie de cette fortune passait dans les voitures anciennes et d'obscurs projets financiers. De l'avis général, le vieux Cornelius était radin et mesquin. Mme Mahoney, elle, est aimée de tous ceux qui la connaissent. Elle a le cœur sur la main, et ses généreuses contributions à diverses œuvres de charité ont beaucoup fait pour redorer le blason familial.

– Owen est capable de s'amuser tout seul, observa Bess en jetant un coup d'œil au-delà de la fenêtre, vers le petit garçon qui disparaissait

16

en courant à l'angle de la maison, sa balle et sa batte de base-ball à la main. La dernière fois que je l'ai gardé, il s'était mis en tête de confectionner des cookies. Il a répandu le contenu du réfrigérateur sur le sol avant que j'aie eu le temps de dire ouf!

– C'est mon Owen tout craché! s'exclama Mme Zucker au milieu de l'éclat de rire général.

– Alors, les filles, qu'est-ce qui vous amène? lança ensuite Mme Thompson.

Infirmière à l'hôpital local, Mme Thompson travaille avec moi comme bénévole dans des associations caritatives.

– Es-tu sur la piste d'un nouveau mystère, Nancy? ajouta-t-elle.

Bien entendu, George et Bess pouffèrent! J'eus un sourire un peu gêné.

– Euh... plus ou moins. Apparemment, quelqu'un a causé des dégâts dans le potager de M. Geffington.

– Ah oui? s'exclama Mme Zucker. Il est arrivé la même chose chez moi! On a piétiné toutes mes courgettes, avant-hier soir.

«Tiens, tiens...», pensai-je. Mme Zucker habite de l'autre côté de la rue, à quelques maisons de M. Geffington!

– Et vous avez une idée de qui a pu faire ça?

lui demandai-je.

Elle secoua la tête.

— Je suppose que ce sont des ados, à la suite d'un pari stupide. Ou alors un animal, dit-elle. Ça a dû se passer pendant que je récoltais des dons pour Anvil Day. Je suis restée dehors tard, et mon mari était en ville pour un dîner d'affaires. Owen jouait avec la baby-sitter que j'avais engagée pour la soirée. Résultat : personne n'a rien remarqué. Mais je n'ai pas attaché plus d'importance que ça à cette histoire. De toute façon, ni mon mari ni Owen ne raffolent des courgettes !

— Je ne les blâme pas, commenta George en s'emparant d'un énième cookie. Pour ma part, je les ai en horreur.

— Donc, vous n'avez pas vu le coupable, conclus-je d'un air songeur en me tournant vers les deux autres invitées. Et vous ? Vous avez remarqué quelque chose de bizarre dans le voisinage, il y a deux nuits ?

— Personnellement, non, répondit Mme Mahoney. Tu as interrogé nos proches voisins ? Harold Safer habite de ce côté-ci de Bluff Street. Il a pu apercevoir quelque chose.

Ce commentaire me remit une information en mémoire. Pensant aux voisins immédiats de M. Geffington, je m'informai :

– J'ai entendu dire que la maison des Peterson vient d'être vendue. Savez-vous à qui ?

– À une jeune Française célibataire, Simone Valinkovski, m'apprit Mme Thompson.

– Valinkovski ? s'étonna George. Ça ne sonne pas très français !

– Je suis incapable d'en juger, répondit Mme Thompson. En tout cas, elle a emménagé voilà trois jours, à ce qu'il paraît. Je ne l'ai pas encore rencontrée. Mais j'ai cru comprendre qu'elle a obtenu un poste important au musée de River Heights.

– Intéressant…, murmurai-je.

Je n'avais pas la naïveté de supposer que l'installation de la nouvelle venue avait le moindre rapport avec l'affaire des courgettes. Pourtant, je ne pus m'empêcher de remarquer que les actes de vandalisme avaient commencé le jour même de son arrivée dans le voisinage. Y avait-il une relation entre ces deux faits ? Ou s'agissait-il d'une simple coïncidence ? Seule une enquête plus poussée le dirait…

Après avoir bu le thé et salué notre hôtesse, je ressortis dans la rue avec George et Bess, et nous longeâmes Bluff Street, la rue de M. Geffington et de Mme Mahoney. Au passage, je jetai un coup d'œil vers la maison de M. Geffington – une jolie demeure de style XVIIIe environnée de plates-bandes de fleurs bien entretenues. Une volée de marches en ciment conduisait du trottoir à l'allée d'accès en courbe et à la pelouse luxuriante qui entourait la maison. Le potager de M. Geffington se trouvait dans le jardin de derrière – qui offrait un spectaculaire panorama sur la rivière, commun à toutes les habitations situées de ce côté de la rue.

Ensuite, je portai mon attention sur les voisins immédiats de M. Geffington. À droite de sa villa se trouvait l'accueillante maison de style Tudor de M. Safer. À gauche, il y avait l'ancienne propriété des Peterson : une sorte de petit cottage doté d'une vaste véranda couverte ; une avalanche de buissons et de lierre débordait du jardin de derrière.

«Un endroit idéal pour se dissimuler», pensai-je, regardant tour à tour ce coin envahi par la végétation et le jardin de M. Geffington. Les deux propriétés n'étaient séparées que par une palissade d'un mètre de haut. N'importe qui aurait pu la franchir !

Bien entendu, ce n'étaient pas les circonstances qui donnaient à cette affaire son caractère énigmatique. Le véritable mystère, c'était le mobile ! Qu'est-ce qui pouvait bien pousser quelqu'un à détruire d'insignifiantes courgettes ? Pour l'instant, je n'avais à ce sujet aucune hypothèse convaincante…

– La scène du crime, c'est ça? blagua George, qui avait observé mon manège. Qu'est-ce que tu attends pour répandre de la poudre sur les aubergines et relever les empreintes?

– Ha, ha, très drôle! fis-je en lui décochant un coup de coude. Bon, vous venez? On va voir si la nouvelle voisine est là.

Dans Bluff Street, tous les terrains situés en bordure de la rivière s'inclinent en pente raide à partir du trottoir. Je franchis avec précaution l'escalier en pierre qui menait à l'ancienne propriété des Peterson, puis, ouvrant la marche dans l'étroit jardin, je gagnai la véranda et appuyai sur la sonnette.

La porte s'ouvrit au bout d'un instant, et une jeune femme souriante d'environ trente ans, avec des cheveux aux épaules et de superbes yeux noirs, apparut sur le seuil. Elle était vêtue simplement mais avec élégance d'une robe en lin et de mules à talons compensés.

– Bonjour, dit-elle d'une voix douce, avec un accent. Que puis-je pour vous?

Je me présentai, ainsi que mes amies. Avant que j'aie pu expliquer le motif de notre visite, la jeune femme nous fit signe de la suivre.

– Entrez donc! Je m'appelle Simone Valinkovski, et je suis ravie de faire la connaissance de mes voisines.

Un instant plus tard, nous étions dans le salon étonnamment spacieux de la petite maison. Je n'y étais jamais venue du temps où les Peterson y habitaient. Mais je me doutais qu'il avait dû être très différent! Il y avait encore des cartons qui attendaient d'être déballés. Cependant, la nouvelle propriétaire avait déjà refait presque toute la décoration. Un grand tableau à l'huile ornait le dessus de la cheminée; des rideaux d'un goût sûr encadraient les vastes fenêtres donnant sur le jardin. De chaque côté de la pièce, des livres à reliure gaufrée s'alignaient sur des rayonnages encastrés, et plusieurs éventails exotiques en ivoire étaient accrochés sur un mur.

Alors que Bess admirait les pièces de joaillerie disposées sur une table basse, je m'écriai:

— C'est magnifique! Vous avez de très beaux objets, mademoiselle Valinkovski!

— Il ne faut pas faire de manières avec moi, voyons! Appelez-moi Simone.

— Je ne demande pas mieux, lâcha George. Je n'arriverai jamais à prononcer Valin... Valik... enfin bref! Je n'ai jamais entendu un truc pareil dans mes cours de français!

Simone éclata de rire, à la fois surprise et ravie par le franc-parler de George.

– Mon nom n'est pas français, dit-elle. Je suis d'origine russe. Mon grand-père a fui la Russie pendant la révolution de 1917 pour émigrer à Paris.

Je venais justement de remarquer, sur le manteau de la cheminée, un globe en or incrusté de joyaux, très raffiné, enfermé dans une vitrine.

– Ça vient de Russie ? demandai-je en le désignant.

– Oui, confirma Simone. Tu as l'œil, dis-moi ! C'est un authentique œuf de Fabergé, mon héritage familial le plus précieux. Ce n'est pas l'un des célèbres œufs impériaux que Peter Carl Fabergé a réalisés pour les tsars, tu t'en doutes. Ceux-là se trouvent dans des musées ou chez de richissimes collectionneurs. Mais c'est tout de même un véritable trésor, et nous en sommes très fiers, comme de nos origines russes !

Elle nous donna alors des informations sur plusieurs autres superbes pièces qui se trouvaient là. C'était si passionnant que je faillis oublier le motif de notre visite. En fait, ce fut Simone qui s'interrompit :

– En voilà assez ! Si vous me parliez plutôt de vous ? Qu'est-ce qui vous amène ?

– Nancy est détective, commença Bess.

– Ah oui ? s'étonna Simone. Ça alors ! Tu es

si jeune ! Je croyais que les détectives américains étaient tous des types bourrus dans le genre d'Humphrey Bogart ! Sûrement pas de jolies jeunes filles comme toi !

— Je ne suis pas détective, me hâtai-je de préciser en rougissant. Je n'ai pas de licence. J'aide mon père dans certaines affaires judiciaires, des trucs comme ça. Par exemple, aujourd'hui, nous essayons de savoir qui a pu détruire les courgettes dans les potagers du voisinage.

Simone éclata de rire :

— Je vois ! Eh bien, je crains de ne pouvoir vous aider. J'ai été si occupée à déballer mes affaires, ces trois derniers jours, que je n'ai pratiquement pas jeté un coup d'œil par la fenêtre ! En tout cas, je vous garantis que je ne suis pas coupable ! Je ne détruirais jamais des courgettes, je les ferais frire en beignets ! D'ailleurs, je n'ai pas de potager, le vandale n'a aucune raison de sévir ici.

Je m'avançai jusqu'aux fenêtres qui donnaient sur l'arrière de la maison, tout en profitant de l'occasion pour examiner les objets qui m'entouraient. Lorsque mon regard se porta au-dehors, je tressaillis.

— Hé ! fis-je. Ce n'est pas un carré de courgettes, là-bas ?

2. Soirée en vue

— Des courgettes? Où ça? s'exclama Simone avec une surprise qui semblait sincère.

Elle accourut à la fenêtre avec Bess et George. Nos regards se rivèrent sur le jardin envahi par la végétation. Je désignai plusieurs plantes rampantes d'aspect vigoureux qui s'entrelaçaient avec les branches d'une haie de rosiers inculte. Une demi-douzaine de fruits verts et oblongs pointaient parmi les feuilles.

— Ça alors! On dirait bien des courgettes! s'écria George.

— Je crois que tu as raison, admit Simone. Je n'ai pas encore eu le temps de faire un tour au jardin. Allons voir ça de près !

Nous la suivîmes, traversant la cuisine pour sortir dans le jardin de derrière. Comme devant la maison, il s'inclinait en pente raide vers l'à-pic de la rivière, qui était bordé par une murette en pierre. En deçà de ce garde-fou, la haie de rosiers s'étirait sur toute la largeur du jardin, barrant la vue.

En nous dressant sur la pointe des pieds, nous pouvions entrevoir derrière la haie un potager revenu à l'état sauvage. Des plants de tomates pointaient çà et là, des têtes d'oignons grêles étaient en train de germer... Les tiges des courgettes s'insinuaient parmi le tout.

— Des graines ont dû survivre à l'hiver dernier et pousser toutes seules, commenta Bess. On dirait bien que vous allez les avoir, vos beignets, Simone !

— À condition d'arriver à m'introduire dans le potager ! fit observer cette dernière. Je demanderai à Pierre de tailler un passage dans la haie.

— Pierre ? fis-je avec curiosité.

— On m'a sonné ? lança gaiement derrière nous une voix masculine.

Je fis volte-face et me retrouvai devant un beau jeune homme avec des yeux bruns et de hautes pommettes, qui devait avoir une dizaine d'années de moins que Simone. Tous deux avaient un air de famille marqué.

– Ah, te voilà, Pierre ! s'exclama Simone. Laisse-moi te présenter mes nouvelles amies : Nancy, Bess et George. Les filles, voici Pierre, mon neveu. Il vient de Paris et passe l'été avec moi en attendant la reprise de ses cours à l'université de Chicago.

Pierre esquissa une petite révérence.

– Enchanté, dit-il avec un accent français prononcé.

Son regard s'attarda sur Bess, et il ajouta :

– C'est un plaisir de rencontrer des Américaines aussi charmantes !

J'échangeai un coup d'œil et un large sourire complices avec George. On avait l'habitude ! Les garçons s'entichaient de Bess au premier regard.

Cette dernière répondit poliment à Pierre, en lui rendant son sourire :

– J'espère que tu te plais à River Heights. Ce n'est pas une très grande ville, mais il s'y passe plein de choses intéressantes.

– Oui, il y a même un «tueur de courgettes» ! plaisanta Simone, désignant les légumes. Il paraît que nous avons de la chance d'en avoir dans notre jardin, Pierre. Quelqu'un semble avoir décidé de détruire toutes les courgettes de la ville.

– Ce n'est pas une blague! précisai-je en consultant ma montre.

Il commençait à se faire tard, et j'avais rendez-vous dans quelques heures avec mon copain, Ned Nickerson, pour une séance de cinéma. J'étais enchantée de notre visite chez Simone, mais j'avais intérêt à me dépêcher si je voulais enquêter encore un peu!

– Il faut qu'on s'en aille! repris-je. D'ailleurs, vous avez sûrement des tas de choses à faire de votre côté!

Pierre parut déçu, mais ne cessa pas de sourire.

– Vos devez vraiment partir? protesta-t-il en posant une main sur le bras de Bess. Quel dommage! Ce serait sympa de revenir nous voir bientôt! Comme des amis de France vont me rendre visite, on pourrait peut-être donner une petite soirée pour leur arrivée?

– Une fiesta? fit George, en arrachant une vrille de courgette. Génial! Ils débarquent quand, tes copains?

Simone consulta sa montre et répondit à la place de son neveu:

– Ils seront là d'une minute à l'autre. Ils ont passé quelques jours chez des amis qui habitent un peu plus loin, en aval de la rivière. Si on organisait cette petite fête ce week-end?

Demain soir, par exemple?

– Parfait! approuvai-je, ravie de pouvoir faire mieux connaissance avec nos voisins. Merci pour l'invitation!

Simone ne savait rien sur le vandale des courgettes. Mais elle était intéressante et sympathique. J'avais très envie d'en apprendre un peu plus sur l'histoire des objets anciens qu'elle possédait et de découvrir son passé familial, qui m'intriguait beaucoup.

– Alors, c'est décidé! s'écria Pierre en frappant dans ses mains. On dit demain, dix-neuf heures, OK?

– OK, fis-je tandis que George et Bess hochaient la tête. Bon, on se sauve, maintenant! J'ai rendez-vous avec mon petit ami.

– Ne te gêne pas pour l'amener demain soir! suggéra Simone. C'est valable pour toutes les trois, ajouta-t-elle en souriant

– Ça va de soi, enchérit Pierre. Je parie que d'aussi jolies filles ont toutes un copain?

Bess révéla, en lui décochant un sourire éblouissant:

– Pas exactement. En fait, Nancy est la seule à en avoir un, pour le moment. Je suis libre comme l'air!

– Je ne te crois pas! soutint Pierre – mais il semblait soulagé. Si c'est ça, on essaiera de vous distraire, mes potes et moi !

– Je n'en doute pas ! répliqua Bess en minaudant.

Quelle comédienne, cette fille ! Pierre semblait déjà conquis…

Nous revînmes tous ensemble vers la rue. Au lieu de retraverser la maison, nous longeâmes la bande de gazon qui bordait la petite palissade délimitant la propriété de M. Geffington. Je regardai par-dessus avec curiosité, tentant de repérer un indice sur la « scène du crime ». Mais il y avait belle lurette que M. Geffington avait éliminé les preuves ! Son jardin était impeccable, comme d'habitude.

Je me retournai vers le jardin de Simone, envahi de végétation. Quelqu'un s'était-il dissimulé ici, dans cet enchevêtrement de branches, pour se glisser dans le potager de M. Geffington au moment opportun et massacrer ses courgettes ? Ou alors, le coupable avait-il emprunté l'abrupt escalier en ciment qui descendait de la rue pour se faufiler derrière la maison à la faveur de l'obscurité ? À moins que M. Safer n'ait tout simplement traversé son propre jardin, de l'autre côté de la rue, afin de dévaster la précieuse récolte de son voisin ?

Cette dernière hypothèse me semblait vraiment tirée par les cheveux ! Mais, depuis le temps que j'élucide des mystères, j'ai appris à ne jamais rejeter *aucune* éventualité, si invraisemblable qu'elle paraisse ! C'est une des choses que j'adore dans l'investigation : jauger les hypothèses, réunir les pièces du puzzle. Impossible de deviner comment une affaire va tourner tant que je n'ai pas rassemblé les éléments de preuve, exploré les pistes, examiné les indices !

Une fois sur le trottoir, Bess, George et moi dîmes au revoir à nos nouveaux amis. Puis, tandis que Pierre et Simone rentraient, nous nous dirigeâmes vers la maison de M. Geffington.

Jetant un regard en arrière, Bess lança :

– Pierre a l'air sympa, non ?

– Seulement sympa ? rigola George. Il a carrément flashé sur toi !

– Arrête ! fit Bess en rougissant. Il voulait se montrer gentil, c'est tout.

– C'est ça ! ironisai-je. Tu n'as même pas remarqué qu'il est super mignon, bien sûr ! Ni qu'il a un accent craquant. Ni qu'il te faisait les yeux doux…

– N'importe quoi ! râla Bess.

Elle désigna la maison de M. Geffington, que nous étions en train de dépasser, et ajouta :

– Tu ne t'arrêtes pas pour jeter un coup d'œil ? D'accord, il a déjà tout nettoyé. Mais il y a peut-être eu des témoins du meurtre ! Les pommes de terre ont des yeux, et le maïs a des oreilles !

Je saluai cette mauvaise plaisanterie d'un ricanement. Bess voulait changer de sujet, c'était clair ! Je jouai le jeu.

— Je pense qu'on ferait mieux de parler d'abord avec M. Safer, dis-je. Il est le suspect numéro un, d'après M. Geffington. Je suis sûre que ce n'est pas lui qui a fait ça. Mais il a pu voir ou entendre quelque chose, cette nuit-là, qui nous mettrait sur la piste du coupable !

— On peut toujours essayer, concéda George en haussant les épaules. À une condition : ne lui demandez surtout pas s'il a vu une bonne comédie musicale récemment ! Sinon, on en aura pour des heures !

Nous gagnâmes les marches qui descendaient vers le jardin de M. Safer. Contrairement aux autres escaliers du voisinage, qui sont en pierre nue ou en ciment, le sien est décoré de tessons de verre coloré qui forment un arc-en-ciel.

Je précédai mes amies jusqu'à la porte d'entrée. Alors que je pressais la sonnette, nous entendîmes dans la maison la mélodie assourdie de « Somewhere over the Rainbow ». Presque aussitôt, un bruit de pas précipités résonna près du seuil. Un instant plus tard, la porte s'ouvrait, et Harold Safer apparut, un énorme maillet à la main.

3. Appel à l'aide

Surprise par ce spectacle inattendu, j'eus un mouvement de recul.

– Mais qu'est-ce que vous fabriquez avec ça ? m'écriai-je, visualisant d'emblée un massacre de courgettes.

– C-ce que je fabrique ? balbutia Harold Safer, déconcerté par ma réaction.

Puis il abaissa son regard sur le maillet.

– Oh, ce truc-là ! J'essaie d'accrocher une tringle dans la cuisine. Mais je n'arrive à rien, aujourd'hui, dit-il, levant les yeux au ciel d'un air catastrophé.

– Ah, parce que c'est avec ça que vous voulez suspendre des rideaux ? Ce n'est pas

étonnant que vous ayez des problèmes !
commenta Bess. Je peux vous aider, si vous
voulez. Vous avez une boîte à outils ?

Un instant démonté, Harold Safer finit par
nous faire signe d'entrer tout en répondant à
Bess :

— La boîte à outils est au sous-sol.

— OK. Je reviens tout de suite !

Là-dessus, Bess s'éloigna dans le couloir.
Harold Safer se tourna vers George et moi avec
une expression de surprise.

— Elle sait ce qu'elle fait, au moins ? s'in-
quiéta-t-il.

— Absolument ! lui affirma George. Dès
qu'on lui donne une trousse, Bess réalise des
miracles. Et je ne vous parle pas d'une trousse
à maquillage, hein !

J'approuvai. La plupart des gens sont sidérés
par l'habileté de Bess. Quand on la voit, on la
prend pour une de ces filles qui ne sont pas
fichues de changer une ampoule. En réalité,
elle a un don diabolique pour le bricolage. Ça
va du grille-pain récalcitrant à la voiture en
panne ! Alors, pour elle, accrocher une tringle à
rideaux, c'était simple comme bonjour !

— Y a pas de souci, monsieur Safer ! ajoutai-
je. Elle va vous arranger ça en un rien de temps.

— Dans ce cas, c'est une veine qu'elle soit

venue, dit-il en nous conduisant dans sa cuisine, au fond de la maison. Si je n'installe pas très vite ce rideau, je vais devenir fou. J'ai cru que j'en aurais pour une minute, mais...

La cuisine d'Harold Safer est une pièce nette et spacieuse, dont les murs blancs sont décorés avec les affiches de divers spectacles de Broadway. De vastes fenêtres donnent à l'arrière et sur les côtés du jardin. Ce jour-là, il y avait sur le sol, au-dessous de la fenêtre, une tringle à rideaux en cuivre brillant, plusieurs clous tordus et un petit amas de poussière.

– C'est pas tout, ça ! Il faut que je retourne à la boutique ! maugréa-t-il. Mon toqué de voisin n'arrête pas de me fixer d'un air mauvais depuis le pas de sa porte chaque fois que je rentre chez moi. Inouï, non ? Quelqu'un met le bazar dans son jardin, et voilà qu'il m'accuse ! Vous auriez dû le voir hier soir – il était sorti pour arracher les mauvaises herbes... Il n'arrêtait pas de me fusiller du regard !

– Oui, nous sommes au courant de l'histoire des courgettes, dis-je. En fait, nous sommes venues pour ça. Nous aimerions trouver le vrai coupable.

– Ah oui ? Eh bien, tant mieux ! soupira Harold Safer en se laissant tomber sur un tabouret près du bar à l'américaine. Vu la tournure des événements, je commence à avoir peur de mettre le nez dehors !

Je voyais bien qu'il dramatisait. Sa réaction me confirma cependant que je devais prendre ce mystère au sérieux, même s'il faisait rigoler mes amies. M. Safer était prêt à installer un rideau qui le priverait en partie de son précieux panorama à cause de M. Geffington ! Il fallait que les choses aillent vraiment mal pour qu'il en arrive là !

À cet instant, Bess entra dans la cuisine, en brandissant un marteau et divers autres outils.

– Allons-y ! lança-t-elle gaiement. Ceci devrait bien mieux faire l'affaire qu'un maillet ! Viens, George, aide-moi à fixer les supports.

Pendant que les deux cousines se mettaient à l'œuvre, je m'assis près du bar à côté de M. Safer :

– Je peux vous poser quelques questions ?

– Vas-y, Nancy. Je n'ai rien à cacher, ni à toi ni à personne. Tant pis si cet obtus personnage obsédé par ses courgettes prétend le contraire ! Au début, je trouvais ses accusations plutôt comiques. Tu m'imagines en train de me faufiler dans son jardin en pleine nuit avec une massue d'homme des cavernes pour écraser ses précieux légumes ?

– Est-ce que vous avez vu ou entendu quelque chose d'inhabituel, mardi soir ?

– Pas du tout, dit-il en haussant les épaules. Si j'ai bonne mémoire, je suis rentré du jardin après mon coucher de soleil, ce soir-là, et j'ai écouté la bande originale du *Violon sur le toit*. J'adore cette partition, alors j'avais monté le son. En fait, j'ai failli ne pas entendre la sonnette lorsque Mme Zucker et le petit Owen sont passés faire la quête pour Anvil Day, après dîner. Alors, tu penses ! Pour entendre ce qui se passait à côté, il aurait fallu que ce soit un coup de canon !

– Donc, vous avez constaté les dégâts le lendemain ? Pour les courgettes, je veux dire.

– Non. Tu sais que je n'ouvre pas la crémerie avant dix heures. La plupart du temps, je me lève peu avant neuf heures. Au moment où j'ai regardé par la fenêtre, Bradley avait déjà nettoyé les dégâts, je suppose. En tout cas, je n'ai rien remarqué du tout. Je ne savais même pas ce qui s'était produit avant qu'il vienne rouspéter au magasin, plus tard dans la journée.

– Il est venu faire une scène à la boutique ?

– Oui. Quel culot ! s'indigna M. Safer. Heureusement, il n'y avait pas de clients à ce moment-là. Quand j'ai compris de quoi il retournait, je lui ai assuré que je n'y étais pour rien. Mais il a marmonné qu'il intenterait des poursuites, et il est parti en trombe. Comment a-t-il pu me croire capable d'un truc pareil ?

– Il pense que vous lui en voulez parce que ses échalas de tomates vous bouchent la vue, je crois.

– Hein ? fit-il d'un air sincèrement étonné. Tu rigoles ou quoi ? Ça remonte au mois dernier ! Lorsqu'il m'a paru évident qu'il n'allait pas replanter ces échalas – au fait, tu crois qu'ils ont besoin d'être aussi hauts ? Franchement, on croirait qu'il veut faire passer une audition à ses tomates pour une resucée de *La petite boutique des horreurs*, ou un truc comme ça ! –, j'ai déplacé ma chaise de quelques mètres sur la droite, et hop ! le tour a été joué ! Retour des couchers de soleil panoramiques !

Je fronçai les sourcils, m'efforçant de démêler cette phrase alambiquée. Lorsque j'eus enfin compris, je conclus :

– OK. Bon, je ne vois rien d'autre à vous demander. Il va falloir que je continue à enquêter dans le voisinage pour savoir si quelqu'un a été témoin de quelque chose, cette nuit-là.

Harold Safer acquiesça.

– Est-ce que vous avez interrogé ceux qui habitent en face ? demanda-t-il. On m'a dit qu'une jeune dame a emménagé au début de cette semaine. Je meurs d'envie de la rencontrer. Il paraît que c'est la fille d'un Européen de la jet-set fabuleusement riche. Et même plus ou moins apparenté à une famille royale ! Tu te rends compte ? Ici, dans notre bon vieux River Heights !

– Nous venons de faire sa connaissance, dis-je. Elle s'appelle Simone et elle est très sympa. Mais elle n'a parlé ni de royauté ni du reste. Elle n'a rien vu non plus chez M. Geffington, l'autre nuit.

– Dommage. Enfin… Je me tue à dire à cet énergumène que ce sont sans doute des ratons laveurs qui s'en sont pris à ses courgettes ! Comme de juste, il soutient que c'est impossible à moins que les ratons laveurs n'aient appris à manier le marteau !

Il leva les yeux au ciel. Je lui adressai un sourire de sympathie, puis je regardai du côté de Bess et de George, qui mettaient en place la tringle à rideaux sur ses supports fraîchement installés. M. Safer se tourna lui aussi vers elles.

– Merveilleux ! s'exclama-t-il en se levant d'un bond. Vous êtes prodigieuses, les filles ! Je ne vous remercierai jamais assez. Vu la tournure des événements, vous me sauvez la vie !

– Oh, ce n'est rien, monsieur Safer ! assura Bess. Bon, eh bien, on va vous laisser, maintenant.

– Pas question, mes chères petites ! Permettez-moi au moins de vous offrir des boissons fraîches, pour la peine, dit-il en se précipitant vers le réfrigérateur. Ne refusez pas, ça me vexerait ! D'ailleurs, il faut absolument que je parle à quelqu'un du spectacle que j'ai vu à River City le week-end dernier ! Une fabuleuse reprise de *A Chorus Line*...

J'échangeai un regard avec Bess et George. Nous n'allions pas y couper, c'était clair ! Oh, cela ne me dérangeait pas ! Pendant qu'Harold Safer ne cesserait de discourir au sujet de sa dernière expérience théâtrale, je réfléchirais tranquillement tout en faisant mine d'écouter...

Je commençais à réaliser que cette affaire n'était pas si simple. Elle pouvait sembler anodine à première vue, mais elle ne serait pas pour autant facile à résoudre ! Jusqu'ici, je n'avais déniché ni témoins, ni mobile, ni véritable fil conducteur pour mener l'enquête. Pour couronner le tout, les indices éventuels avaient disparu de la scène du crime depuis longtemps ! Comment allais-je reconstituer ce qui s'était passé, sans le moindre élément pour me guider ?

« Les indices existent, pensai-je pendant que M. Safer nous servait des sodas en bavardant jovialement. Il y en a toujours. Tu dois les trouver, c'est tout. »

Cela me remonta un peu le moral. C'était toujours ça de gagné !

Impossible d'arrêter M. Safer, une fois qu'il était lancé ! Après avoir décrit le spectacle auquel il avait assisté avec un luxe incroyable de détails, il voulut à tout prix nous montrer des photos des couchers du soleil sur la rivière. Ensuite, il tint à nous faire écouter une nouvelle bande originale téléchargée sur le Net. Ce dernier point intéressa enfin George – c'est-à-dire... ce qui concernait le téléchargement ! Elle adore parler informatique avec les passionnés comme elle. D'autant que ni Bess ni moi ne nous intéressons à ça, sauf pour consulter nos mails et faire des recherches ponctuelles.

Pour finir, nous réussîmes à prendre congé. M. Safer nous raccompagna jusqu'au seuil :

– Merci mille fois d'être passées, les filles ! J'ai beaucoup apprécié le coup de main pour les rideaux. Sans parler de votre intérêt pour cet infernal imbroglio de courgettes ! Si quelqu'un est capable de dissiper le mystère, c'est bien notre fin limier de River Heights, Nancy Drew !

Il m'adressa un clin d'œil :

– Un de ces jours, je vais écrire une comédie musicale sur toi, ma petite !

Je souris. M. Safer me servait ce refrain depuis qu'on avait commencé à parler de moi dans les journaux parce que j'avais résolu une affaire difficile.

– Merci pour votre aide, monsieur Safer, lui dis-je. Je reprendrai contact.

Un instant plus tard, Bess, George et moi marchions sur le trottoir d'un pas rapide en direction de ma maison.

– Dommage qu'on n'ait pas le temps de discuter avec d'autres personnes, aujourd'hui, commentai-je en consultant ma montre. En voyant la réaction de M. Safer, j'ai réalisé qu'il faut régler cette histoire au plus vite !

– Tu as raison, admit George. Il est drôlement remonté !

– Et comment ! enchérit Bess. Il s'est déjà disputé avec M. Geffington, mais ce n'est jamais allé aussi loin ! On doit intervenir avant que ça se gâte pour de bon !

– J'ai rendez-vous avec Ned dans une heure, nous allons au ciné, annonçai-je alors que nous parvenions devant chez moi. Peut-être qu'on pourrait se remettre sur le coup pendant le week-end, les filles, si vous n'êtes pas trop occupées.

– Bien sûr ! approuva Bess en son nom et celui de George. Au fait, puisque tu sors avec Ned, tu devrais étrenner ce top lavande qui moisit dans ton armoire. Il fait super bien ressortir la couleur de tes yeux. Et mets un peu de rouge à lèvres, pour une fois. C'est un petit détail, mais ça change tout, je t'assure !

Bess passe son temps à essayer de nous insuffler le goût des fringues et du maquillage. Ce sont deux sujets qui la passionnent, et George et moi, pas du tout ! J'aime bien faire une séance de shopping de temps à autre, comme toutes les filles, et j'adore porter un truc sympa pour une sortie spéciale. Mais, en général, j'évite de me tracasser avec ça ! Quant à George, c'est un garçon manqué depuis le jour de sa naissance. Si Bess n'a pas encore réussi à la transformer en *fashion victim,* alors ça n'arrivera jamais !

Décochant un clin d'œil complice à George, je rassurai Bess :

– OK, je te promets de faire un effort pour avoir l'air d'une vraie fille ! Bon, à demain !

Nous nous séparâmes, et je me dépêchai de rentrer chez moi. Papa n'était pas là. Hannah Gruen, notre gouvernante, préparait le dîner dans la cuisine. Hannah est avec nous depuis la mort de ma mère, et je la considère comme un membre de ma famille. Elle donne l'impression d'être pragmatique, brusque et efficace ; en réalité, sous ses dehors de femme bourrue, elle cache un cœur gros comme ça – digne de son impressionnant tour de taille !

– Ah, te voilà, Nancy ! dit-elle en s'essuyant les mains à son tablier. Tu viens de manquer un coup de fil. La jeune dame semblait plutôt bouleversée. Tu trouveras son numéro sur le bloc-notes.

– Merci, Hannah !

Intriguée, je me hâtai d'aller voir le calepin placé près du téléphone. Hannah y avait inscrit de son écriture nette les coordonnées de Simone.

– Tiens ! C'est la nouvelle propriétaire de la maison des Peterson, dis-je. On a fait sa connaissance cet après-midi. Je suis curieuse de savoir ce qu'elle veut.

Je composai aussitôt le numéro. Ce fut Simone qui répondit, mais elle était si bouleversée que je faillis ne pas reconnaître sa voix.

– Nancy ! s'écria-t-elle lorsque je me fus annoncée. Je suis drôlement contente de t'entendre ! Nous ne connaissons personne à River Heights, Pierre et moi. Je ne savais vraiment pas à qui m'adresser !

À entendre sa voix entrecoupée et angoissée, il était clair que quelque chose ne tournait pas rond !

– Simone, qu'est-ce qu'il y a ? demandai-je avec inquiétude.

– C'est mon œuf de Fabergé… Il a disparu !

4. Un vol audacieux

Cinq minutes plus tard, j'étais de retour sur la véranda de Simone et j'appuyais sur la sonnette. Simone ne tarda pas à ouvrir, le visage empourpré, les sourcils froncés.

– Oh, c'est toi, Nancy ! dit-elle en se détendant un peu. Entre. Je pensais que c'était la police. Je les ai alertés juste avant de te joindre.

– Alors, ils ne vont pas tarder ! affirmai-je.

Autant faire preuve de tact... À quoi bon lui avouer que le chef McGinnis, de la police de River Heights, ne se donne pas toujours la peine de battre des records de vitesse après un appel ? Sauf s'il s'agit d'une affaire susceptible de lui valoir la une des journaux de Chicago !

— Tu veux bien m'expliquer ce qui s'est passé, en attendant ? suggérai-je.

— Bien sûr. Entre, que je te présente les amis de Pierre ! Ils m'aideront à tout te raconter.

Je la suivis dans le séjour. Les lieux n'évoquaient guère une scène de crime. Depuis que je les avais quittés, rien ne me semblait avoir été déplacé.

Du moins, à une exception près. Et de taille ! La vitrine qui avait renfermé l'œuf de Fabergé était ouverte et… vide.

— J'espère que tu n'as touché à rien après avoir découvert la disparition de l'œuf ? m'inquiétai-je.

Simone fit signe que non.

— Nous avons laissé les choses en l'état, affirma-t-elle. Apparemment, le voleur ne s'intéressait qu'à l'œuf. Aucun autre objet n'a été dérangé.

— Intéressant…, murmurai-je.

À cet instant, j'entendis des voix dans la cuisine. Tout de suite après, Pierre entrait dans la pièce, escorté par trois garçons.

— Nancy ! s'écria-t-il. Je suis si content que tu sois venue ! Permets-moi de te présenter mes amis : Jacques, Théo et René.

Jacques était grand et mince, avec des cheveux châtain clair et un visage séduisant à l'expression légèrement mélancolique. Théo était plus petit, brun et large d'épaules. René avait des yeux verts pétillants, des cheveux aussi foncés que ceux de Théo et ondulés. Ils me saluèrent poliment.

– Ravie de vous connaître, dis-je. Et bienvenue à River Heights. Dommage que vous tombiez à un aussi mauvais moment !

– Ils sont arrivés peu après ton départ avec tes amies, me précisa Simone.

– Oui, et cette histoire nous rend malades. On se sent en partie responsables, dit Jacques, l'air tracassé.

Il avait un léger accent français, et s'était exprimé avec émotion.

– Responsables ? En quoi ? demandai-je.

Ce fut Théo qui répondit en haussant les épaules, avec un accent beaucoup plus marqué que celui de Jacques :

– On avait négligé de verrouiller la porte.

Il continua, la mine soucieuse :

– Pierre nous a proposé de visiter la ville, et, comme nous étions très impatients de la voir, nous avons juste pris le temps de monter nos bagages à l'étage et de tirer la porte d'entrée.

– C'est ma faute ! soupira Pierre. Simone me recommande toujours de donner un tour de clef, bien qu'on soit dans une petite ville. Il y a des gens dangereux partout… Mais j'oublie tout le temps ! Comparée à Paris, River Heights paraît si… *inoffensive*.

Je soupirai moi aussi.

— Ce ne sont pas les crimes qui manquent, crois-moi, même dans un trou perdu comme River Heights !

En fait, nous sommes même un peu trop bien servis côté délits ! Mais je n'allais sûrement pas le dire à Simone, à Pierre et à leurs amis. Ils se sentaient déjà assez mal comme ça !

— Je n'aurais jamais dû vous laisser seuls dès votre arrivée, se désola Simone. J'étais trop pressée de faire les courses pour notre soirée de demain. J'aurais dû attendre…

Les quatre Français protestèrent en même temps, affirmant à Simone qu'elle n'était responsable de rien, qu'ils étaient les seuls fautifs. Tandis qu'ils parlaient, j'examinai la pièce avec une attention soutenue. J'avançai vers la cheminée, en prenant garde de ne toucher à rien et de ne buter contre rien. Je ne voulais surtout pas abîmer la scène du crime avant l'arrivée de la police. Mais je tenais à en avoir le cœur net : j'avais peine à croire qu'on n'avait pris *que* l'œuf de Fabergé !

Interrompant brusquement le petit groupe, je désignai les bijoux que Bess avait admirés un moment plus tôt, et qui étaient disposés au bout d'une table basse avec d'autres objets.

— Ces bracelets ont l'air d'avoir de la valeur, Simone. C'est le cas ?

— Oh oui, certainement, répondit-elle. Il s'agit de perles et de diamants véritables, alors ils doivent valoir une jolie somme. J'y suis attachée surtout pour leur valeur sentimentale. Ce sont des souvenirs de famille, c'est pour ça que je les ai placés là.

Je regardai autour de moi. Statuettes, peintures à l'huile, cristaux… ce n'étaient pas les objets précieux qui manquaient ! Pourquoi ne voler que l'œuf de Fabergé ?

— Pourquoi le voleur ne s'est-il pas emparé des bijoux ? murmurai-je, plus pour moi-même que pour les autres. Il aurait été facile de les glisser dans une poche ou…

— Excellente remarque, approuva René. Il n'est pas impossible que nous ayons dérangé le voleur. Notre retour l'a sans doute surpris en plein travail.

— Vous êtes rentrés quand, exactement ? demandai-je. Pourriez-vous me raconter en détail ce qui s'est passé ? Combien de temps vous êtes sortis, quand vous avez découvert le vol…

— Bien sûr, dit Pierre, même s'il semblait étonné par ma requête.

Je devinai que Simone ne lui avait pas parlé de mes talents de détective.

— Jacques, Théo et René sont arrivés peu après votre départ, continua-t-il. Nous leur avons fait visiter la maison, et puis Simone est sortie faire les courses. Mes copains ont monté leurs sacs à l'étage, ensuite nous avons fait une balade dans le quartier. Nous sommes restés dehors une heure environ. Jacques et René sont rentrés les premiers, ensemble. Simone venait d'arriver et de découvrir la disparition de l'œuf. Je m'étais attardé avec Théo près de la rivière. Lorsque René nous a appelés, nous sommes accourus, et c'est là que nous avons appris la catastrophe.

— C'est ça, enchaîna Simone. J'ai tout de suite remarqué que l'œuf avait disparu parce qu'un rayon de soleil heurtait la porte ouverte de la vitrine. Le reflet a attiré mon regard.

— Je vois…, murmurai-je, réfléchissant. La vitrine était fermée à clef, avant le vol ?

— Oui. En plus, elle est rivée au mur. Mais il n'était pas difficile de trouver la clef. Je la dissimule tout simplement sous l'horloge.

Simone désigna une horloge placée à l'autre bout du manteau de la cheminée.

Je me rapprochai de l'âtre pour mieux l'examiner. Alors que j'avançais, mon regard tomba sur le salon attenant, dont la porte était ouverte. Je vis qu'une table y avait été renversée.

– C'est aussi le voleur qui a fait ça ? demandai-je.

Pierre hocha la tête :

– Probablement. Regarde ! La table était près de la porte de derrière, celle qui ouvre sur le jardin. Nous pensons qu'il nous a entendus revenir et que, en prenant la fuite, il a buté contre la table.

– Oui, et, si René ne m'avait pas soûlé avec ses discours, on aurait peut-être remarqué le bruit ! glissa Théo en décochant à René un regard espiègle.

Jacques fronça les sourcils d'un air réprobateur.

– Le moment est mal choisi pour ironiser, Théo, observa-t-il sans agressivité. Nos amis ont perdu un précieux souvenir de famille. L'œuf s'est transmis de génération en génération, tu sais.

– Oui, je sais, soupira Théo, la mine contrite. Désolé. Toutes mes excuses.

– Tu n'as pas à t'excuser, lui assura Simone. Après tout, il ne s'agit que de la disparition d'un objet. Par chance, vous n'étiez pas là lorsque le voleur est entré ! Sinon, cela aurait pu être beaucoup plus grave ! L'un de vous aurait pu être blessé !

Elle soupira, elle aussi. La voyant triste et désemparée, je m'approchai d'elle pendant que les garçons se mettaient à discuter entre eux, et lui dis gentiment :

– Ne t'inquiète pas. Je t'aiderai à retrouver ton œuf.

– Tu penses y parvenir ? Oh, Nancy ! Je sais bien que tu es détective. Mais là… Comment pourrais-tu réussir dans une affaire de ce genre ? Je ne suis même pas sûre que la police en sera capable. Il y a tant d'endroits pour écouler rapidement un objet comme celui-là…

Elle hocha la tête d'un air abattu.

Sur ce point elle n'avait pas tort ! Si un voleur professionnel avait dérobé l'œuf de Fabergé, le joyau était déjà dans le circuit clandestin des objets d'art. Pourtant… Mon fameux sixième sens me chatouillait. Je sentais que je devais approfondir l'enquête pour obtenir les réponses à certaines questions…

Primo, comment un professionnel spécialisé dans le vol des objets d'art aurait-il pu connaître l'existence de l'œuf de Simone ? Secundo, pourquoi ce professionnel aurait-il laissé derrière lui des objets qu'il n'aurait eu aucun mal à écouler ? Cela n'avait pas de sens ! Et, lorsqu'il y a des éléments absurdes dans une affaire, cela signifie généralement qu'elle ne se limite pas aux apparences qu'elle donne.

– Ne t'en fais pas, Simone, insistai-je. Je pense qu'il y a des chances de récupérer ton œuf de Fabergé !

Je vis que Jacques s'était retourné pour m'écouter et paraissait aussi surpris qu'elle.

Simone ne semblait pas avoir beaucoup d'espoir, mais elle me sourit tout de même.

– Je me demande pourquoi la police n'arrive pas ! s'exclama-t-elle en consultant sa montre. Ça va faire une heure que je leur ai téléphoné…

– Une heure ! m'écriai-je, réalisant que le temps avait passé à la vitesse éclair.

Je regardai moi aussi ma montre et j'eus un coup au cœur.

– Ah, zut ! J'aurais dû retrouver Ned voici dix minutes ! Il faut que je me sauve ! À plus !

***

– Je suis désolée, Ned ! Vraiment désolée ! lançai-je d'une voix haletante en traversant au pas de course le hall du multiplex de River Heights.

Il n'était pas difficile de repérer mon copain, Ned Nickerson : il n'y avait que lui dans l'entrée ! Exception faite, bien sûr, du vendeur de billets et de la jeune fille qui tenait le stand de pop-corn. Cela n'avait rien d'étonnant : le film que nous voulions voir était commencé !

Assis sur une banquette rembourrée du hall, Ned sourit, exhibant ses adorables fossettes, et se leva pour m'accueillir.

— Pas de problème, dit-il, une lueur espiègle brillant dans ses yeux bruns. J'ai pensé que tu étais sans doute retenue par un truc plus passionnant que le film… Sinon, tu ne t'appellerais pas Nancy Drew !

— En plein dans le mille ! fis-je en éclatant de rire. Tu ne vas pas tarder à tout savoir. Puisqu'on a loupé le film, je t'invite à dîner en échange ?

— C'est pas de refus ! dit aussitôt Ned.

Je remarquai un cornet de pop-corn vide, abandonné sur la banquette… Ned a deux traits de caractère immuables : il est patient et compréhensif et… il ne refuse jamais un bon repas ! Sur ce point, il ressemble beaucoup à George. Il a beau avaler de quoi nourrir un régiment, selon la formule d'Hannah, il garde toujours sa haute silhouette dégingandée.

Nous quittâmes le cinéma pour rejoindre à l'extrémité du pâté de maisons, dans River Street, notre «cantine» préférée : *Le Mille-feuilles de Susie*, un café-restaurant qui fait aussi librairie. Niché derrière une étroite devanture, entre une boutique de vêtements et la First Bank de River Heights, *Le Mille-feuilles de Susie* est un endroit très fréquenté mais merveilleux : de grandes bibliothèques bourrées d'ouvrages éclectiques s'alignent contre les murs et, dans l'espace resté libre, s'entassent des tables et des chaises en bois dépareillées, peintes de couleurs vives. La propriétaire, une petite jeune femme débordante d'énergie qui s'appelle Susie Lin, s'occupe de renouveler avec bonheur les lectures et la cuisine, ce qui a rendu l'endroit très populaire auprès d'une clientèle de tous âges.

Par chance, nous étions arrivés assez tôt, ce n'était pas encore trop encombré. Nous trouvâmes vite une table libre dans le coin « Culture générale ». Ned survola les titres du regard pendant que nous prenions place. Il adore bouquiner et est toujours à l'affût d'une nouvelle moisson de livres à lire.

Cette fois, au lieu d'en choisir un, il braqua son regard sur moi :

— Je t'écoute. Je suis sûr que tu es sur une piste particulièrement intéressante ! Et pas seulement parce que tu es en retard !

— Ah ? Que veux-tu dire ?

Au lieu de répondre, il pointa son index sur

moi. Je baissai les yeux et je réalisai que je portais encore les vêtements que j'avais enfilés ce matin-là. Dans ma hâte à rejoindre le cinéma en partant de chez Simone, je n'avais même pas songé à me changer pour ce rendez-vous !

Mais ce n'était sûrement pas ce qui avait alerté Ned. Contrairement à Bess, il ne prête pas grande attention aux tenues vestimentaires.

Je tâtai mes cheveux, en me demandant s'ils étaient si emmêlés que ça : je ne les avais pas brossés depuis le matin… Mes doigts rencontrèrent quelque chose de dur et piquant.

– Beurk ! m'exclamai-je en tirant sur ce curieux objet.

C'était une brindille épineuse – sans doute une petite branche de rosier sauvage qui s'était accrochée à mes cheveux lorsque je m'étais penchée par-dessus la haie pour mieux voir. Ça m'étonna que Bess ne l'ait pas vue et ôtée. En revanche, je n'étais pas du tout surprise de ne m'être aperçue de rien ! J'avais eu, cet après-midi, d'autres sujets d'occupation beaucoup plus passionnants !

Ned sourit jusqu'aux oreilles.

– De deux choses l'une, fit-il. Soit Bess t'a convaincue d'adopter un look bizarre, soit tu es sur une nouvelle énigme excitante, et ça te distrait tellement que tu ne t'es même pas donné la peine de te regarder dans une glace avant de partir.

– Coupable au deuxième chef d'accusation ! avouai-je gaiement, en passant rapidement ma main sur mes cheveux pour m'assurer qu'il n'y avait pas d'autres brindilles. On commande, et après je te raconte tout !

Juste à cet instant, Susie se hâta vers notre table, son carnet de commandes à la main. Susie est à la fois la cuisinière et la serveuse principale de son restaurant.

Je regardai l'ardoise calée contre la caisse-enregistreuse, où elle a l'habitude de noter les plats du jour. Une des entrées retint d'emblée mon attention : beignets de courgettes.

– Tiens, tiens ! m'exclamai-je.

Dans l'excitation suscitée par le vol commis chez Simone, j'avais presque oublié le massacreur de légumes. Maintenant, je me demandais s'il pouvait y avoir une quelconque relation entre les deux affaires. N'avais-je pas déjà remarqué une curieuse coïncidence ? Le vandale s'était manifesté en ville le jour même où Simone et Pierre y avaient emménagé…

– Salut, Nancy ! Salut, Ned ! nous lança Susie à sa manière habituelle, laconique et expéditive. Alors, qu'est-ce que je vous sers ?

Susie est une vraie boule d'énergie. Elle me

fait parfois penser à une boule de billard élec-trique, lorsque je la vois aller et venir d'un bout à l'autre de son long et étroit restaurant, prendre des commandes, apporter des plats, grimper sur les échelles à glissière de ses bibliothèques pour dénicher sur les étagères les plus hautes les livres demandés par les clients.

Ned, qui consultait comme moi l'ardoise, suggéra :

– Les enchiladas aux crevettes, ça te dit, Nancy ? Ça fait envie, non ?

– Elles sont délicieuses, admis-je. Mais, ce soir, j'aimerais goûter les beignets de cour-gettes.

Susie écarquilla les yeux et eut un mouve-ment si vif que son crayon lui échappa.

– Les courgettes ? s'exclama-t-elle. Ah, je t'en prie ! Ne prononce plus ce mot devant moi !

5. Nouveaux indices

Sa violente réaction me fit tressaillir. Avait-elle été, elle aussi, victime du tueur de courgettes ? J'avais peut-être classé un peu trop vite cette affaire dans la catégorie « bisbille entre voisins » !

J'ignorai le regard surpris de Ned et demandai :

– Susie, est-ce que vous avez eu récemment... euh, disons, des problèmes qui se rattachent aux courgettes ?

Ramenant en arrière une longue mèche de cheveux noirs, Susie poussa un grand soupir.

– Ah là, là ! Excuse-moi, Nancy, maugréa-t-elle. La journée a été rude. Et c'est effectivement en partie à cause des courgettes, si étonnant que ça puisse paraître !

— Comment ça ? lâchai-je, tourneboulée, imaginant déjà une sorte de vaste conspiration légumière.

Je me forçai à rester lucide et à écouter la réponse de Susie. Il fallait raisonner à partir des faits, au lieu de divaguer ou de tirer des conclusions hâtives !

— Tout a commencé hier au déjeuner, alors que je rédigeais le menu pour ces deux jours, dit-elle en désignant l'ardoise. Je venais d'écrire « Beignets de courgettes » lorsque Bradley Geffington est entré dans le restaurant. Tu le connais, non ? C'est le directeur de la banque d'à côté.

— Bien sûr.

Ned acquiesça aussi. D'ailleurs, la question de Susie était sans doute purement formelle. Dans une petite ville comme River Heights, tout le monde connaît tout le monde, ou presque !

— Bradley prend souvent son repas de midi ici, nous apprit Susie en s'appuyant à la table. En fait, il déjeune tôt, avant qu'il y ait trop de monde et qu'on vienne à manquer de croquants au fromage.

Ned hocha la tête avec un sourire approbateur. Les croquants au fromage de Susie sont légendaires.

– Hier, il est arrivé un peu plus tard que d'habitude. Comme c'était bondé, il s'est arrêté près du comptoir pour repérer une table libre et il m'a aperçue en train d'écrire : « Beignets de courgettes ». Eh bien, on aurait cru que j'avais mis : « Écureuils vivants en sauce au cyanure » ! raconta Susie, visiblement contrariée à ce souvenir. Bradley s'est mis à ronchonner. J'ai supposé qu'il était en rogne parce qu'il n'y avait pas de table libre, ou quelque chose comme ça. Mais il n'arrêtait pas de maugréer : courgettes par-ci…, courgettes par-là… Ne me demande pas de quoi il retournait, je ne le sais toujours pas ! Parce qu'Harold Safer, le fromager, a débarqué, et ils ont commencé à se disputer comme des chiffonniers. Ils étaient si énervés que j'ai vu le moment où ils allaient en venir aux mains. Finalement, j'ai dû les flanquer dehors pour qu'ils ne fassent pas fuir les clients !

– Bizarre, commenta Ned. Ils sont voisins, et je les croyais plutôt bons amis, tous les deux.

Je devais reconnaître qu'il y avait quelque chose d'étrange dans le récit de Susie ! Pourquoi M. Safer n'avait-il pas mentionné qu'il était tombé sur M. Geffington, lorsque je l'avais vu tout à l'heure? Était-ce juste un oubli? Ou bien avait-il tu délibérément cet affrontement?

— Et ce n'est pas tout! continua Susie en roulant des yeux. Je n'avais toujours rien compris à leur engueulade lorsque, deux heures plus tard, une femme que je ne connaissais pas, avec un accent français, est entrée ici. Elle reçoit des amis demain soir, et elle voulait acheter plein de petits fours, de canapés et d'autres produits maison. Quand elle a vu «Beignets de courgettes» sur le menu, elle s'est lancée dans des commentaires incompréhensibles à propos de courgettes et de jardins, et elle a insisté pour commander une grosse quantité de beignets.

Susie haussa les épaules d'un air dépassé:

— Je lui ai dit qu'ils seraient sûrement un peu ramollis d'ici demain, mais elle n'a rien voulu entendre.

— C'était Simone Valinkovski, précisai-je, tandis que Ned me décochait un regard surpris. Elle vient d'acheter la maison des Peterson, dans Bluff Street.

— En tout cas, les beignets ont du succès, reprit Susie. Elle est partie avec toute ma fournée et, après, trois ou quatre autres clients en ont commandé aussi. Ils en avaient entendu parler par les gens qui les avaient goûtés à midi. Cela dit, j'ai quand même eu droit à la déferlante habituelle de gamins qui viennent lorgner le menu en criant que les courgettes ont un goût de crottes de nez ! Les pires, c'étaient ces braillards de jumeaux Callahan et leur petit copain, Owen. Ils sont intenables ! Leurs mères ont fini par les traîner dehors sans rien acheter. Ah là, là ! Je sais que ça paraît bête de se lamenter pour ça, mais, franchement, dès qu'il s'agit de courgettes, on dirait que tout le monde pète un plomb, dans cette ville !

— À qui le dis-tu ! murmurai-je.

Mais j'étais plutôt amusée, bien sûr, par la réaction des petits garçons qui détestaient les courgettes ! Susie, elle, parut soulagée par sa tirade.

— Enfin, bref, nous dit-elle, il n'y a plus un seul beignet. Je vous recommande les enchiladas, elles sont excellentes.

— Génial ! On va prendre ça tous les deux, OK ? me suggéra Ned.

J'acquiesçai, et Susie s'élança vers la cuisine.

Tout en pianotant des doigts sur la table, je fixai les rayonnages de la bibliothèque qui me faisait face. Pourtant, je ne voyais pas réellement les ouvrages consacrés aux animaux de compagnie et à leurs soins. Le récit de Susie avait-il un rapport direct avec le vandale ? Ou bien la « courgette *connection* » se résumait-elle à une série de coïncidences ? Je ne savais pas trop. Mais, une fois de plus, mon sixième sens me titillait…

Je m'aperçus tout à coup que Ned me dévisageait en souriant.

– Alors, tu te décides à me dire ce qui se passe ? me lança-t-il en haussant un sourcil. Ou je dois attendre la parution dans le journal, comme tout River Heights ?

Je pouffai.

– Excuse-moi, j'avais la tête ailleurs. Figure-toi que *deux* nouvelles affaires se sont présentées, cet après-midi !

Rapidement, je le mis au courant du massacre des courgettes et du vol chez Simone. Ned m'écouta avec attention jusqu'à ce que j'aie fini. Puis il se renversa sur son siège.

– Drôle d'histoire ! commenta-t-il. Tu as déjà une idée du coupable pour chaque délit ?

– Eh bien, ce ne sont pas les indices et les pistes à suivre qui manquent dans l'affaire des courgettes ! Maintenant que tout le monde en parle ! Le hic, c'est que personne n'a de véritable mobile. Pour le vol de l'œuf de Fabergé, le mobile est évident : il vaut une fortune ! Mais, dans cette affaire, je n'ai ni indices ni pistes. En fait, n'importe qui a pu commettre l'un ou l'autre délit. La porte d'entrée de la maison de Simone n'était pas verrouillée lorsque le vol de l'œuf a eu lieu. Quant au jardin de M. Geffington, ce n'est pas la banque fédérale ! Dans chaque cas, tout repose sur le minutage : les deux coupables ont su choisir le moment opportun.

– Bonne observation, approuva Ned. Mais c'est toujours un peu la loterie, de choisir le bon moment. Même au milieu de la nuit, quelqu'un aurait pu regarder par la fenêtre et voir celui ou celle qui écrabouillait les légumes dans le jardin. Et le voleur qui a dérobé l'œuf a pris un risque encore plus grand en se faufilant dans une maison en plein jour. Rien ne lui assurait que quelqu'un ne reviendrait pas sans crier gare pour le prendre sur le fait !

– Tu ne crois pas si bien dire ! Les Français pensent que c'est ce qui a failli se produire, lâchai-je en plissant le front, car les commentaires de Ned me donnaient à penser. Il en allait tout autrement si le coupable *savait* où chacun se trouvait. Ou s'il n'était pas inquiet d'être pris la main dans le sac !

– Que veux-tu dire par là ? fit Ned en reposant sa fourchette. Tu penses qu'il s'agit d'un coup monté de l'intérieur ?

Si Ned n'a pas comme moi la passion des énigmes, il est intelligent et il me suit toujours au quart de tour lorsque j'échafaude des hypothèses.

— Ça n'a rien d'impossible, fis-je. Pierre et ses copains ne sont pas revenus ensemble de leur promenade dans le quartier. Pierre a précisé, si j'ai bonne mémoire, que Jacques et René sont rentrés les premiers pendant qu'il s'attardait dehors avec Théo. Et puis il y a Simone. Elle était déjà là. Elle les a tous devancés, à ce qu'ils m'ont raconté.

J'avais du mal à imaginer que Simone, qui était charmante, amicale et intelligente, avait pu commettre le vol. Pourtant, cela n'aurait rien eu d'invraisemblable : si l'œuf était assuré, elle toucherait beaucoup d'argent en compensation de cette perte !

— Il se peut aussi qu'un inconnu de passage ait sauté sur la bonne occasion, évidemment. N'empêche… Tu devrais gratter davantage du côté des garçons.

— C'est clair ! approuvai-je. Je n'écarte pas encore l'hypothèse de l'inconnu de passage. Mais c'est un peu fort comme coïncidence, je trouve, que les copains de Pierre aient débarqué juste une heure ou deux avant le vol. Je suis ravie de pouvoir leur parler et les observer à la soirée de demain.

— Ah, il y a une soirée ? lâcha Ned.

Un peu honteuse, je réalisai que j'avais oublié de lui donner tous les détails au sujet de la petite réception de Simone. Je n'eus pas le temps de le mettre au courant ; une voix lança non loin de moi :

— Une soirée ? Où ça ?

6. Pas d'empreintes

Levant les yeux, j'aperçus une jolie brune, debout près de moi. Je poussai un soupir.

– Salut, Deirdre, fis-je.

Deirdre Shannon a mon âge, et son père est lui aussi un avocat de renom. Ces deux faits mis à part, nous n'avons pas grand-chose en commun ! J'ai tendance à voir les bons côtés des gens, en général, même chez les malfaiteurs que je traque. Or, je connais Deirdre depuis toujours, et, à mon avis, il n'y a pas de *bons* côtés chez elle ! Bien sûr, Bess suggérerait que c'est la mieux fringuée. Et, comme Deirdre accorde la plus haute importance à sa garde-robe, elle prendrait ça pour un compliment !

Là, elle était plantée devant notre table, bloquant complètement le passage dans l'allée centrale du restaurant plein à craquer. Elle décochait à Ned un sourire aguicheur, sans tenir aucun compte de son énième Copain-Standard, planté derrière elle. Deirdre change de petit ami comme de chemise, alors je ne gâche pas mon énergie à essayer de suivre les détails !

– Salut, Nancy, me répondit-elle d'un ton glacial.

Puis elle décocha un sourire resplendissant à Ned :

– Saaaluut, Ned ! Tu vas à une soirée ce week-end, c'est ça ? Il y a un truc sympa en vue ?

Ned précisa en haussant les épaules :

– Désolé, Deirdre, je ne crois pas que ce soit le genre de soirée à laquelle tu penses. C'est juste une petite réunion organisée par les nouveaux voisins de Nancy.

– Ah ? fit Deirdre, l'air déçu.

Puis son visage s'éclaira :

– Attends un peu, il ne s'agirait pas de la Française dont on m'a tellement parlé, par hasard ?

– Simone est effectivement française, glissai-je. Qu'est-ce qu'on t'a appris sur elle ?

70

Je n'accorde aucune attention aux commérages de Deirdre, d'habitude : ils sont futiles ou totalement faux ! Cependant, elle connaît beaucoup de monde et, de temps à autre, elle apporte une information utile. Une bonne détective doit chercher des indices là où elle peut en trouver !

Le Copain-Standard s'éclaircit la gorge et annonça :

— Deirdre, je crois qu'il y a une table libre là-bas.

— Une seconde ! lui assena Deirdre d'un ton impatienté, sans lui accorder un regard.

Elle s'accouda à la table, si près de Ned qu'elle lui effleurait le bras, et elle chuchota avec animation :

— Bien entendu, ce n'est qu'une rumeur. Il paraît que le gouvernement français l'a expulsée parce qu'elle est psychiquement instable et qu'elle représente un danger pour les biens publics.

— Pardon ? jetai-je. Je n'ai rien entendu de tel !

Deirdre haussa les épaules, renvoyant ses boucles brunes en arrière.

— Figure-toi qu'il y a tout de même des choses que *tu ignores*, Nancy ! siffla-t-elle. Tu m'as demandé ce qu'on raconte, eh bien, je te le dis ! Qu'est-ce que tu veux, à la fin ?

En plus de toutes ses charmantes qualités, Deirdre a plus mauvais caractère que dix nains Grincheux réunis !

– Oh, bon, d'accord, continue. Il y a autre chose ?

– Bof ! fit-elle, semblant se désintéresser de l'affaire. J'ai entendu aussi une vague histoire de maffia russe. À mon avis, ce ne sont que des suppositions.

« C'est ça ! Contrairement aux autres faits, que tu as méticuleusement vérifiés ! » pensai-je. Je gardai ça pour moi, bien sûr. Deirdre n'apprécie pas beaucoup l'ironie, en général !

– Deirdre ! intervint à nouveau le Copain-Standard, impatienté. On va s'asseoir ? J'ai faim, moi !

Deirdre poussa un soupir exaspéré et céda en levant les yeux au ciel.

– OK, OK, on y va !

Elle décocha un ultime sourire à Ned, en faisant ondoyer sa chevelure d'un geste maniéré. Puis elle tourna les talons.

Dès qu'elle fut attablée avec son copain, hors de portée de voix, Ned me lança d'un ton railleur :

– C'est rassurant de constater qu'elle n'a pas encore épuisé son stock de ragots lamentables !

– Oui, appuyai-je malicieusement, ainsi que

le stock de mines énamourées qu'elle te réserve !

Ned gonfla ses biceps d'un air fier :

— Que veux-tu, je suis irrésistible !

Je pouffai. Deirdre a depuis toujours un faible pour Ned. Tous mes amis en rigolent.

— Tu ne penses quand même pas qu'il pourrait y avoir du vrai dans tout ça ? m'enquis-je, reprenant mon sérieux.

— Au sujet de la maffia russe ? Va savoir. D'ailleurs, qu'est-ce que ça change ? Sauf, bien sûr, si elle a transféré son quartier général à River Heights et lancé un contrat sur toutes les courgettes de la ville !

— Arrête de blaguer, Ned, s'il te plaît ! Je voulais parler du fait que Simone serait psychiquement instable. Je ne crois pas qu'on aurait pu l'expulser de France à cause de ça, mais...

— Tu te demandes s'il y a une parcelle de vérité dans cette histoire, acheva Ned à ma place.

Je lui souris :

— Exactement ! Simone est hyper sympa, et je n'arrive pas à penser du mal d'elle. Il n'empêche que je l'observerai d'un peu plus près à la soirée.

J'expliquai à Ned de quoi il retournait exactement, et il promit de m'accompagner. À ce moment-là, Susie Lin s'approcha de notre table pour nous servir des enchiladas aux crevettes. Oubliant aussitôt les mystères, nous attaquâmes avec appétit le contenu de nos assiettes.

***

Le lendemain matin, je dus mettre de côté pendant quelques heures les énigmes que j'avais à résoudre. Le refuge de la SPA de River Heights, où je donne bénévolement un coup de main une fois par mois, est toujours débordé le samedi. Ce jour-là, c'était le chaos ! Des gens débarquaient des quatre coins de la ville et des environs pour adopter chiens et chats, ou même un lapin ou un cochon d'Inde. Je courus de côté et d'autre, occupée à remplir des formulaires, nettoyer des cages, répondre aux questions des visiteurs. Je n'eus pas le temps de penser à autre chose !

Dès que je fus en route vers la maison, en revanche, les événements de la veille me revinrent en foule. La petite fête de Simone n'aurait pas lieu avant plusieurs heures, et je n'avais aucune envie d'attendre jusque-là pour continuer mon enquête !

Je trouvai Hannah devant l'évier de la cuisine, occupée à récurer un faitout.

– Bonjour, Nancy ! me dit-elle en s'interrompant pour m'accueillir et en s'essuyant les mains à un torchon. Alors, c'était comment, au refuge ?

— Ça s'est bien passé. Nous avons fait adopter onze chats et sept chiens et demi.

— Et demi ? s'étonna Hannah.

Je souris.

— Les Harrison ont choisi un chien. Comme ils doivent s'absenter un jour ou deux dans la semaine, ils ne viendront chercher leur nouveau compagnon que le week-end prochain.

— Tout s'explique ! commenta Hannah. Dis-moi, j'ai préparé du chili con carne avec les tomates et les haricots du jardin que nous a donnés Evaline Walters. Tu en veux pour déjeuner ?

— Volontiers, Hannah. Je meurs de faim.

Je saisis un verre tandis qu'Hannah sortait un faitout du réfrigérateur pour le placer sur le feu. Quelques instants plus tard, j'étais attablée dans la cuisine, une assiettée de chili fumante et un verre de lait posés devant moi, sur la table ronde en chêne.

— Tu n'en prends pas ? demandai-je à Hannah.

Elle rangea le faitout, puis se tourna vers moi :

— J'ai déjà mangé un morceau avec ton père, tout à l'heure. Il avait un rendez-vous en ville, cet après-midi, alors nous avons déjeuné tôt.

– Ah, fis-je, un peu déçue d'apprendre que papa n'était pas à la maison.

J'avais espéré pouvoir discuter avec lui de mes enquêtes !

Je pris une grosse cuillerée de chili brûlant et soufflai dessus avant de l'avaler. C'était drôlement bon !

– Mmm, ch'est délichieux, Hannah ! m'exclamai-je. Au fait, quelqu'un a téléphoné pendant que je n'étais pas là ?

– Bess. Il faut que tu la rappelles. Si j'ai bien compris, il s'agit de s'habiller pour une soirée. Je crois qu'elle comptait venir ici ; elle désirait savoir quand tu rentrerais.

– OK, merci, Hannah. J'allais justement te parler de cette petite fête…

Ayant informé Hannah que je ne serais pas là afin qu'elle ne m'attende pas pour dîner, je finis mon repas tandis qu'elle allait s'attaquer à la lessive. Une fois mon couvert mis dans le lave-vaisselle, je traînai dans le vestibule, consultant ma montre et me demandant quoi faire…

J'avais plusieurs heures de liberté devant moi et, si j'escomptais découvrir pas mal de choses à la soirée, je n'allais pas pour autant me tourner les pouces d'ici là !

Gagnant le séjour, je composai sur le téléphone un numéro familier. On décrocha dès la première sonnerie.

— Allô? lança une voix féminine sèche. Police de River Heights. Je vous écoute!

— Salut, Tonia! fis-je. C'est Nancy Drew.

— Oh, salut, Nancy. Que puis-je pour toi?

Tonia Ward réceptionne les appels au quartier général de la police de River Heights. Elle est efficace, futée et coriace. J'ai une sacrée chance de l'avoir pour amie, car son patron, le chef de police McGinnis, n'est pas toujours enchanté de savoir que je mène une enquête en amateur.

— Le chef est là? demandai-je.

— Une minute, je me renseigne.

Il y eut un instant de silence sur la ligne. Puis la communication se rétablit, et j'entendis la voix grave du chef McGinnis à l'autre bout du fil:

— Oui, allô?

— Bonjour, chef! Ici Nancy Drew.

— C'est ce qu'on m'a annoncé, oui. Qu'est-ce qu'il y a, Nancy?

Collant le récepteur contre mon oreille, je m'emparai d'un stylo afin de prendre des notes en cas de besoin.

— Je me demandais si vous aviez fini par trouver quelque chose, hier, en enquêtant sur l'affaire Valinkovski.

— Oui : que tu nous avais devancés sur les lieux du délit, répliqua-t-il abruptement.

Il n'ajouta pas « une fois de plus ! », mais de toute évidence il le pensait. J'avais intérêt à jouer ma partie avec finesse !

— Oh, Simone habite juste à côté de chez moi, vous savez bien. J'étais juste passée lui remonter le moral.

— Hum, hum, toussota le chef, qui ne semblait guère convaincu.

Je m'éclaircis la gorge et continuai :

— Pour lui faire plaisir, j'ai jeté un petit coup d'œil... Mais il n'y avait pas d'indices révélateurs : la porte de la maison n'était pas verrouillée, et il n'était pas difficile de dénicher la clef de la vitrine sous l'horloge. Alors, à moins qu'il n'y ait eu des empreintes ou quelque chose comme ça...

— OK, OK, soupira le chef McGinnis. J'ai compris l'allusion, Nancy. Non, nous n'avons pas trouvé d'empreintes dans la pièce. À part celles de Mlle Valinkovski et de ses hôtes. Ainsi que les tiennes et celles de tes deux mousquetaires, bien entendu ! Il n'y avait pas la moindre empreinte sur la vitrine.

— Intéressant, fis-je. Merci, chef. Ai-je laissé passer quelque chose ?

— Hélas, non. Comme tu l'as observé toi-même, il n'y a pas grand-chose à quoi se raccrocher. Nous surveillons les endroits habituels où pourrait atterrir un objet volé de ce genre. Nous sommes aussi en contact avec nos collègues des villes voisines en amont et en aval de la rivière... Mais, franchement, je n'ai pas beaucoup d'espoir. Le joyau est sans doute déjà en route pour la côte Est des États-Unis, l'Europe ou ailleurs.

— OK. Merci, chef. Je ne vous retiens pas plus longtemps. Si vous avez quelque chose...

— ... tu seras la toute première personne extérieure à l'affaire et étrangère à la police que j'avertirai, enchaîna le chef, sarcastique. Au revoir, Nancy. Mes amitiés à ton père.

— Au revoir.

Je raccrochai et demeurai un instant immobile, réfléchissant à ce que je venais d'apprendre. Pas d'empreintes... Fallait-il en conclure que l'hypothèse du coup monté de l'intérieur était juste ? Ou que le voleur avait été suffisamment prudent pour ne pas laisser de traces ?

J'avais entendu dire que, parfois, les riches collectionneurs se prennent de passion pour un certain type d'objets à l'exclusion de tout autre, jusqu'à l'obsession. Et, si un amateur de ce genre avait entendu parler de l'œuf de Fabergé de Simone — un héritage familial qu'elle n'aurait jamais accepté de vendre ? S'il avait résolu de l'obtenir par n'importe quel moyen ? Un tel collectionneur aurait sans doute engagé un professionnel pour voler l'œuf, et *seulement* l'œuf. Aucun autre objet ne l'aurait intéressé dans la maison...

Je secouai la tête. Cette théorie paraissait tirée par les cheveux ! Il y avait des années que je suivais les affaires de papa, et j'avais aussi résolu quelques enquêtes personnelles ; cela m'avait appris une chose : la solution la plus évidente est généralement la bonne.

Mais quelle était, en l'occurrence, la solution la plus évidente ? Je ne savais pas trop. Il semblait y avoir deux hypothèses principales. Un : quelqu'un était entré dans la maison non fermée à clef, avait repéré l'œuf de Fabergé, s'en était emparé et avait manqué de se faire surprendre avant de dérober autre chose. Deux : l'un des occupants de la maison – Simone, son neveu ou l'un de ses amis – avait volé l'œuf.

« À la soirée, j'apprendrai peut-être assez de choses pour valider ce dernier scénario », pensai-je. Mais, d'ici là, j'allais explorer la vraisemblance du premier en parlant avec d'autres voisins de Simone. Je pouvais même utiliser l'affaire des courgettes comme prétexte afin de leur délier la langue et chercher à savoir ce qu'ils avaient vu ou entendu au sujet de la disparition de l'œuf.

J'étais encore plantée près du téléphone lorsqu'il sonna, m'arrachant à mes pensées. Je fis un pas en avant et décrochai le récepteur.

— Allô? fis-je.

— Nancy! s'écria à l'autre bout du fil la voix paniquée de Bess. J'ai une nouvelle épouvantable!

7. Accusation

Mon cœur fit un bond dans ma poitrine :

— Qu'est-ce qu'il y a ? Qu'est-ce qui ne va pas, Bess ? Parle ! Quelqu'un est blessé ?

— Oh, euh… non, pas du tout ! répondit mon amie, penaude. Excuse-moi d'avoir dramatisé. En fait, ma mère m'a demandé de tenir compagnie à Maggie pendant une heure ou deux. Ma petite sœur a une gastro-entérite, la pauvre ! Du coup, je ne pourrai pas t'aider à te préparer pour la soirée.

« Tu parles d'un drame ! » pensai-je tandis que les battements de mon cœur revenaient peu à peu à la normale. Pour Bess, il n'y a pas de plus grande urgence qu'une « urgence fringues » !

– Oh, j'arriverai bien à m'en tirer toute seule !
J'essaierai de ne pas te faire honte, plaisantai-je.

Bess pouffa :

– Encore pardon de t'avoir fichu la frousse.
Alors, qu'est-ce que tu mijotes pour cet après-midi ?

Je lui donnai un résumé de mes déductions
sur l'affaire de Simone.

– Donc, je vais questionner un peu les
voisins, conclus-je. Comme ça, je ferai d'une
pierre deux coups. Je saurai si quelqu'un est au
courant de quelque chose sur l'œuf de Fabergé,
et je chercherai des indices sur l'identité de
l'écrabouilleur de courgettes.

Je discutai encore un instant avec Bess. Puis
sa mère l'appela, et elle dut raccrocher.

En reposant le récepteur, je me sentis plutôt
soulagée à l'idée qu'elle ne viendrait pas chez
moi jouer les relookeuses. J'aurais plus de
temps à consacrer à mes investigations !

Au cours des heures suivantes, j'allai frapper
à la porte d'une demi-douzaine de maisons de
Bluff Street. J'appris tout sur les calculs rénaux
de M. Carr, regardai le film des vacances à Las
Vegas des Newberg et pus admirer la nouvelle
moquette des Winter. Mais, hélas ! je ne glanai
rien d'utile sur mes affaires – sauf que
plusieurs autres carrés de courgettes avaient été

vandalisés au cours des derniers jours.

De retour à la maison, je réfléchis à ce sujet, tout en me préparant pour la soirée.

«Pourquoi ne piétine-t-on *que* les courgettes? me demandai-je en réglant la température du jet de la douche. Pourquoi pas les tomates, ou les haricots verts, ou les oignons?»

De fil en aiguille, j'en vins à mon autre affaire. Pourquoi quelqu'un était-il entré chez Simone pour ne voler *que* l'œuf de Fabergé? Bien sûr, c'était sans doute l'objet le plus précieux qu'elle eût possédé. Mais il y en avait d'autres qui valaient la peine qu'on s'en empare! Ni un voleur professionnel ni un amateur payé pour faire le coup n'auraient dédaigné le reste! Même si quelqu'un était venu exprès pour l'œuf, il n'aurait sûrement pas résisté à la tentation de glisser les bracelets en diamants dans sa poche, par exemple, ni de rafler une petite peinture à l'huile ou quelque autre «babiole»…

J'examinai de nouveau mon hypothèse du collectionneur obsessionnel. Elle ne me parut pas plus plausible qu'auparavant.

Réalisant que, perdue dans mes pensées, je m'attardais inutilement sous la douche, je fermai le robinet après m'être assurée que je n'avais pas oublié de me laver les cheveux. Je m'essuyai, puis j'enfilai mon peignoir éponge préféré et des chaussons en fausse fourrure rose.

Alors que j'allais et venais dans ma chambre aux murs gais, tapissés de blanc et de jaune, je me remis à songer au mystère de l'œuf disparu. J'étais de plus en plus sûre qu'il ne s'agissait pas d'un vol ordinaire. Plus j'y réfléchissais, plus il me semblait probable que quelqu'un de la maisonnée avait pris le joyau. Toute autre théorie laissait la part trop belle au hasard !

Cependant, pour ce qui concernait la supposition d'un coup monté de l'intérieur, deux grandes questions restaient en suspens : *qui*, dans la maison, avait pris l'œuf ? Et *pourquoi* ?

J'allais sans doute être bientôt fixée : la petite fête devait avoir lieu dans une heure à peine, maintenant ! Résolue à m'y préparer, je m'installai devant mon bureau et j'allumai mon ordinateur. Le moment était venu de fouiner un peu...

Un quart d'heure plus tard, je savais tout ou presque sur les œufs de Fabergé. Alexandre III, tsar de Russie, avait commandé le premier pour l'offrir à son épouse, la tsarine Maria, à l'occasion des fêtes de Pâques. À sa mort, son fils, le tsar Nicolas II, avait perpétué la tradition, offrant chaque année un nouvel œuf à sa mère, et un autre à sa femme. Le célèbre joaillier

Peter Carl Fabergé s'était surpassé à chaque occasion, créant de magnifiques pièces d'or, d'argent ou de platine uniques en leur genre, très élaborées, incrustées de pierres précieuses et semi-précieuses, rehaussées d'émail coloré. La Révolution russe de 1917 et la fin tragique de la famille impériale des Romanov avaient mis un terme à la tradition des œufs impériaux. Fabergé en avait créé cinquante-six. À ce jour, on n'en avait répertorié que quarante-quatre...

Alors que je parcourais, sur la Toile, un site montrant les photographies de plusieurs œufs impériaux, je vis soudain l'heure en bas à droite de l'écran. Ned allait passer me prendre dans dix minutes !

— Zut ! fis-je, éteignant illico l'ordinateur.

Je courus à mon armoire à la vitesse d'un ouragan et j'examinai son contenu avec frénésie. Je finis par tomber sur un petit top et une jupe que Bess m'avait aidée à choisir lors de notre dernière séance de shopping. La jupe était un peu trop moulante, mais sympa, et, de toute façon, je n'avais pas le temps de dénicher autre chose !

Puis je me précipitai de nouveau à la salle de bains. Mes cheveux mi-longs étaient presque secs, et je fis un brushing rapide pour les mettre en forme. « Pas mal ! » pensai-je. J'étais en train de mettre un peu d'ombre à paupières quand j'entendis un bruit de moteur. Je me ruai à la fenêtre en manquant de m'étaler par terre à cause de ma jupe trop étroite, et je vis la voiture de Ned qui se garait en bordure du trottoir.

Je me penchai par la fenêtre ouverte alors que Ned descendait du siège du conducteur, et criai :

— Une minute, j'arrive !

Ned leva les yeux vers moi et me fit signe avec son pouce, comme pour dire : « Pas de problème ! » J'envisageai de changer de jupe, mais ça risquait de prendre trop de temps. Alors, me forçant à marcher d'un pas mesuré, je pris mon sac, sortis de ma chambre et descendis l'escalier.

Ned m'attendait sur le trottoir. J'avais à peu près pris le coup pour marcher avec ma jupe serrée, et je me hâtai de le rejoindre.

— Ça y est, je suis prête, haletai-je, allons-y ! Tu préfères conduire ou marcher ?

Il lorgna mes jambes, et je pensai qu'il était surpris de me voir en jupe. Ça faisait un bail que je n'en avais pas porté une ! Mais il lança en désignant mes pieds :

— Si tu tiens à garder ça, on ferait bien de prendre la voiture !

Je baissai les yeux à mon tour : j'avais toujours

mes chaussons en fourrure rose !

— Ah, zut ! fis-je en rougissant comme une tomate tandis que Ned se tordait de rire. Je n'ai plus qu'à remonter !

— Oh, pas forcément, dit Ned en rigolant de plus belle. Tu pourrais lancer une nouvelle mode : le look « saut du lit » !

— Ha, ha, très drôle ! Si tu racontes ça à Bess, je t'étrangle ! râlai-je en faisant mine d'être furieuse.

Un moment plus tard – j'avais entre-temps troqué mes pantoufles contre des chaussures – Ned se garait devant la maison de Simone. À l'instant où on mettait pied à terre, on vit arriver la voiture de Bess. On attendit que Bess et George nous rejoignent, et on gagna tous ensemble la porte d'entrée.

Simone ouvrit, arborant un grand sourire. Elle était vêtue d'une robe en soie très classe.

— Salut ! s'exclama-t-elle, apparemment ravie de nous voir. Nancy, Bess, George, c'est très sympa que vous soyez là !

Elle sourit à Ned, en ajoutant :

— Tu dois être le copain de Nancy, je suppose.

— Ned Nickerson, annonça-t-il en lui tendant la main. Merci de m'avoir invité.

— Merci d'être venu, répondit Simone en lui

serrant la main. Je m'appelle Simone Valinkovski, et les amis de Nancy sont aussi mes amis ! Elle a dû te dire que j'ai eu un sacré choc, hier. Elle m'a énormément réconfortée.

Je n'avais pas eu l'intention d'aborder aussi vite la question du vol. Mais, puisque Simone elle-même en parlait, j'en déduisis que je pouvais y aller carrément.

– Tu as du nouveau au sujet de l'œuf ? lui demandai-je.

– Malheureusement non, répondit-elle d'un air attristé. La police dit qu'elle enquête, mais que je ne dois pas m'attendre à un miracle. J'espère quand même que… Oh, pardon, je vous laisse sur le pas de la porte ! Entrez, entrez donc ! Les garçons nous attendent.

Pierre et ses amis se trouvaient dans le grand salon, un lieu de réception idéal, éclairé aux chandelles, où Simone avait disposé des plats appétissants. La chaîne hi-fi diffusait de la musique française. Devant la cheminée, Théo exécutait un numéro de danse en imitant comiquement une vahiné. René et Pierre rigolaient à ce spectacle tout en dévorant des chips. Seul Jacques ne riait pas. Assis dans un fauteuil en cuir à l'autre bout de la pièce, il avait le regard perdu dans le vague et l'air morose. Un verre de soda intact était posé sur une table basse, près de lui.

Dès qu'il nous vit, cependant, il se hâta de venir nous dire bonsoir, suivi de ses trois copains. Simone leur présenta Ned, qu'ils saluèrent poliment. C'était surtout Bess qui les intéressait ! Il faut dire que, ce soir-là, dans une robe bleu pâle qui flattait son teint de pêche et sa jolie silhouette, elle était superbe.

Ned bavarda avec Simone. J'allai me servir un soda avec George.

— Simone est plutôt gaie, pour quelqu'un qui a été victime d'un vol ! me souffla George dans l'oreille.

J'acquiesçai. L'attitude de Simone m'avait frappée, moi aussi.

— Je suppose qu'elle fait de son mieux pour se donner une contenance devant nous. Si elle laissait paraître qu'elle broie du noir, ça nous mettrait mal à l'aise.

— Peut-être, fit George en haussant les épaules. Ou alors, elle s'en est remise à la vitesse éclair depuis qu'elle a réalisé qu'elle touchera une super indemnisation de son assureur. Histoire de payer ses frais de déménagement, par exemple.

— Possible, répondis-je en prenant une poignée de fruits secs dans un bol en métal argenté. Mais rien ne dit que l'œuf était assuré !

Il faut que j'essaie de le découvrir.

Faisant volte-face, je revins vers Simone et Ned. Bien entendu, je faillis trébucher une fois de plus à cause de ma jupe moulante ! Je vis que Ned dissimulait un sourire. Simone avait sans doute vu la scène elle aussi, mais elle n'en laissa rien paraître.

— J'espère que tu t'amuses, Nancy, me dit-elle chaleureusement pendant que Ned s'éclipsait pour se servir un verre. J'étais sincère, tout à l'heure, tu sais. Tu m'as vraiment réconfortée, après le vol.

— Oh, c'était tout naturel ! Justement, j'aimerais bien te poser encore une question au sujet de l'œuf, si ça ne t'ennuie pas.

— Demande-moi ce que tu veux, répondit-elle aussitôt. Au point où en sont les choses, j'ai l'impression que tu es mon seul espoir de récupérer ce souvenir auquel je tiens tant ! La police pense qu'il restera introuvable — qu'il s'est volatilisé, comme ils disent.

Je fis un pas de côté afin de poser mon verre de soda sur une table basse. C'était un prétexte pour changer de position afin de mieux examiner Simone et jauger sa réaction lorsque je l'interrogerais.

— Je sais qu'un joyau comme le tien ne pourrait jamais être remplacé, commençai-je. Mais je désire savoir si tu avais pris une assurance spéciale, vu qu'il s'agissait d'un objet précieux.

Simone parut un peu surprise par ma question, sans plus. Je ne discernai rien d'autre sur son visage.

— C'est drôle que tu me demandes ça, commenta-t-elle. En France, l'œuf de Fabergé était assuré, bien sûr. Le contrat d'assurance est arrivé à terme juste avant mon déménagement, et j'avais l'intention de le renouveler ici auprès d'une compagnie américaine. En fait, j'avais rendez-vous avec un expert lundi après-midi, pour une estimation.

Elle haussa les épaules, et une expression désemparée passa sur son visage.

— Il va falloir que j'annule ce rendez-vous.

— Désolée d'avoir abordé ce sujet, fis-je. Je ne voulais pas te bouleverser.

— Ne dis pas de bêtises ! protesta-t-elle en me souriant courageusement. Ce n'est pas *toi* qui me perturbes. C'est le voleur.

À cet instant, Pierre vint la trouver, il avait besoin d'un coup de main pour un plat qui cuisait au four. J'en profitai pour goûter les beignets de courgettes que j'avais remarqués sur la table voisine. Ils venaient sans doute du *Mille-feuilles*. C'était délicieux, bien entendu, comme tout ce que cuisinait Susie.

«Comment peut-on détruire des courgettes alors qu'il est possible d'en faire quelque chose d'aussi bon?» me demandai-je, songeant à mon autre affaire.

Je jetai un coup d'œil autour de moi et je vis que René avait invité Bess à danser. Ils avaient libéré un espace devant la cheminée et ils exécutaient une danse déchaînée en riant comme des fous. Leurs mouvements ne collaient pas du tout avec le rythme de la musique qu'on entendait! Entre-temps, Pierre était revenu de la cuisine; il bavardait avec Ned et George. Théo passait en revue la pile de CD, près de la chaîne hi-fi...

«Bon, pensai-je, puisqu'ils sont occupés, je vais commencer par Jacques. Où se trouve-t-il?»

De nouveau, je regardai autour de moi: le grand jeune homme mince n'était nulle part. Haussant les épaules, j'allai aborder Théo.

– Salut! fis-je. Alors, tu es content de ton séjour à River Heights?

Il leva ses yeux bruns vers moi, et je fus frappée par l'intelligence de son regard.

– Hyper content, me dit-il avec son accent français si marqué. C'est une ville très agréable, et les gens sont vraiment sympa. Sauf le voleur qui a piqué l'œuf de Simone, évidemment!

– C'est moche, hein ? Un si bel objet ! Et un souvenir de famille, en plus ! On se demande vraiment qui a pu le voler !

– Oh, ce n'est pas difficile à imaginer ! répondit Théo en haussant les épaules. C'est une œuvre d'art qui a beaucoup de valeur. Des tas de gens aimeraient l'avoir. Déjà, à Paris, ça m'étonnait que Simone ne prenne pas plus de précautions pour le protéger.

– C'est parce qu'on a tendance à se sentir à l'abri dans sa propre maison. Même si c'est une illusion, observai-je. Beaucoup de malfaiteurs misent là-dessus.

– Ce n'est que trop vrai ! Bon, si on arrêtait avec ce sujet ?

Il remit en place la pile de CD après avoir placé un nouveau disque dans la platine, se redressa et me tendit la main.

– Me feras-tu l'honneur de danser avec moi, ravissante Nancy ? dit-il facétieusement en faisant la référence.

Il ajouta d'un ton plus sérieux :

– Ton copain ne va pas se fâcher pour une petite danse, j'espère ?

Je rougis un peu. Je plais aux garçons, en général ; mais je n'ai pas l'habitude d'être complimentée par des Français beaux et charmants !

– Je ne pense pas, non, répondis-je, acceptant l'invitation.

Nous rejoignîmes René et Bess sur la minuscule piste de danse. Pierre et George ne tardèrent pas à nous imiter. Théo avait mis un de mes groupes préférés et, en plus, il dansait drôlement bien. Ned nous regarda pendant quelques minutes en souriant et en battant la cadence avec son pied. À la chanson suivante, il vint donner une petite tape sur l'épaule de Théo.

– À mon tour !

Théo s'inclina en faisant mine d'être horriblement déçu et plaça ma main dans celle de Ned d'un geste très chevaleresque.

– Ah, je savais bien que ce moment enchanteur ne pouvait pas durer, gente demoiselle ! déclara-t-il en portant la main à son cœur.

Je pouffai. Théo était si drôle ! Et ce n'était pas désagréable de sentir que je lui plaisais... Mais, en dansant avec Ned, je me surpris à repenser à mon affaire. Je n'étais pas venue à cette soirée uniquement pour m'amuser. J'avais une enquête à mener !

Simone entra dans le salon, apportant un plateau de pâtisseries tout juste sorties du four. Aussitôt, chacun s'arrêta de danser pour goûter les gâteaux à l'odeur alléchante. Soufflant sur mon petit four pour le refroidir, je me retrouvai près de la cheminée avec Pierre, le neveu de Simone.

Je vis qu'il regardait la vitrine qui avait contenu l'œuf de Fabergé, et dont on avait refermé la porte. À part ça, elle avait le même aspect que la veille.

— Je me demande si la police a trouvé une piste pour l'œuf volé, commentai-je négligemment.

Pierre me jeta un coup d'œil.

— Je n'y compte pas trop. Les policiers semblaient très pessimistes. Je ne crois pas qu'ils aient grand espoir de remettre la main dessus.

— En tout cas, je suis désolée que ce vol gâche l'ambiance au moment où Simone vient d'emménager. C'est vraiment malheureux qu'il se soit produit juste après l'arrivée en ville de tes amis. Tu ne trouves pas que c'est une coïncidence bizarre ?

Pierre se rembrunit.

— Qu'est-ce que tu veux insinuer, Nancy ? lança-t-il soudain avec colère.

Le disque s'arrêta au moment où il élevait la voix, et ses paroles retentirent dans le silence.

— Accuserais-tu mes amis, par hasard ? Parce que, à ce train-là, je peux te faire remarquer que personne n'était au courant de la présence de l'œuf à River Heights, à part tes amies et toi ! Qu'est-ce qui pourrait nous empêcher de penser que c'est *l'une de vous* qui l'a volé ?

8. La silhouette mystérieuse

Simone parut estomaquée par cette sortie.

— Pierre ! s'exclama-t-elle. Je t'interdis de parler ainsi à nos invités ! Nancy et ses amis sont nos seuls soutiens dans cette ville. Comment oses-tu les accuser ?

— Désolé, murmura Pierre d'un ton penaud. Nancy, je t'en prie, accepte mes excuses. Et vous aussi, les filles. J'ai parlé sans réfléchir. Je voulais seulement défendre mes amis.

Toute l'assistance semblait mal à l'aise. René lança à Pierre, sans plaisanter tout à fait :

— Génial ! Tu as le don pour gâcher une soirée !

Pierre hocha la tête d'un air contrit, il saisit ma main et me déclara avec intensité :

— Je t'assure que je ne pensais pas ce que je disais ! Il m'arrive de m'emballer sans raison. J'espère que tu me pardonnes ?

— Oui, bien sûr. Je ne te reproche pas d'avoir défendu tes copains. J'aurais fait pareil à ta place. D'ailleurs, je ne cherchais pas à les mettre en cause !

Je me serais volontiers giflée ! Ah, elle était réussie, mon enquête en sous-marin ! Je venais de compromettre toutes mes chances d'interroger subtilement les Français. J'avais intérêt à me montrer beaucoup plus discrète à l'avenir. Si le voleur se trouvait dans la pièce en ce moment, il allait se défier de moi maintenant, c'était clair !

Alors que Pierre se tournait vers Bess et George pour faire amende honorable, je m'aperçus que Jacques avait reparu. Il regardait la scène avec une étrange expression, où se mêlaient la confusion et le dégoût.

— Est-ce qu'on est redevenus amis ? lança Pierre à la cantonade, interrompant le cours de mes pensées. Je vous en prie, dites oui ! Sinon, je ne me pardonnerai jamais !

— Arrête de culpabiliser ! lança Bess en glissant une main sur son bras et en lui décochant son sourire le plus enjôleur. Laisse tomber les excuses et danse avec moi, OK ? Sinon, René voudra remettre ça, et il m'a déjà mis les pieds en compote !

René éclata de rire, Pierre l'imita, et, en un rien de temps, l'assistance retrouva son entrain. « Ouf ! » pensai-je.

Ned s'approcha de moi pour me souffler à l'oreille :

– Intéressant, non ? Tu crois que c'était la réaction d'une conscience coupable ?

– C'est possible. Ou alors il s'agissait d'une réaction de loyauté amicale et d'un coup de colère excessif. J'ai pratiquement *accusé* ses amis de vol – ou, en tout cas, ça pouvait s'interpréter comme ça.

– Sans doute, fit Ned, songeur. Tout de même... quel cinéma ! C'était vraiment exagéré.

– Certes ! admis-je. Et ça donne à réfléchir... Cela dit, plus je connais Pierre, plus je trouve que c'est un émotif et un impulsif. Par exemple, c'est lui qui a eu l'idée de cette soirée ! Pourtant, il nous connaissait depuis... trente secondes au grand maximum !

Ned s'esclaffa. Puis il me désigna la cuisine :

– J'ai une de ces soifs ! Je vais chercher un soda. Tu veux quelque chose ?

Mon regard se porta sur Jacques, qui disparaissait à cet instant dans le vestibule.

— Non, merci, Ned. Je préfère aller voir ce que mijote un autre suspect. Et, cette fois, j'essaierai de ne pas l'accuser sans preuves !

Toujours hilare, Ned gagna la cuisine tandis que j'allais rejoindre Jacques près du seuil.

— Tiens, Nancy ! lâcha-t-il en me voyant. Ça va ? Tu t'amuses bien ? Et ton copain aussi ?

— Oui, beaucoup. Et toi ? Tu n'as tout de même pas voulu nous fausser compagnie, j'espère ?

Jacques éclata de rire. Mais je remarquai qu'il semblait nerveux.

— Non, non, non, pas du tout ! En fait, je suis juste sorti un moment pour être au calme, pour réfléchir.

— Ah ? Et à quoi ? m'enquis-je, volontairement indiscrète.

Jacques aurait pu tout aussi bien penser à la paix dans le monde, au temps qu'il faisait ou à sa dernière paire de chaussettes ! Pourtant, mon sixième sens me titillait une fois de plus… Son comportement n'était pas naturel !

— À quoi je pense ? fit-il avec surprise. Euh… accompagne-moi sur la véranda, et je te le dirai. Je… j'ai besoin de respirer un peu.

— Pas de problème.

Une fois à l'air libre, sur les larges planches légèrement craquantes de la véranda de devant, Jacques inspira à pleins poumons l'air vespéral.

– Aaah, ça fait du bien ! dit-il en laissant errer son regard sur les maisons de l'autre côté de la rue. Quelle belle soirée !

La soirée était belle, en effet. De la véranda de Simone, je voyais M. Tracey qui se dépêchait de tondre sa pelouse avant la disparition des derniers rayons du soleil ; j'entendais de joyeux cris d'enfants dans un jardin proche, plus bas dans la rue. Déjà, des lumières brillaient à plusieurs fenêtres, et la douce obscurité de l'été tombait peu à peu sur le voisinage…

J'attendais que Jacques se décide à parler, mais il ne semblait pas avoir envie de reprendre la conversation. Au bout d'un instant, je le relançai :

– Alors, qu'est-ce que tu voulais me dire ? Tu as promis de te confier à moi, non ? ajoutai-je en essayant d'insuffler des inflexions dragueuses dans ma voix.

Je m'inspirais de Bess, à qui cette tactique réussissait toujours. Et Jacques avait tellement l'air ailleurs que j'étais prête à faire feu de tout bois !

Comme il se tournait enfin vers moi, je retins mon souffle. Il avait une expression grave, presque sombre. Allait-il s'avouer coupable ?

Il hésita un long moment. Soudain, son visage s'éclaira d'un large sourire radieux, le métamorphosant du tout, au tout.

— Oh, tu vas trouver ça idiot, lâcha-t-il. Mais je pensais à… ma nouvelle voiture.

Je m'attendais à tout sauf à ça !

— Ta nouvelle voiture ? fis-je.

En riant, il marcha jusqu'au bout de la véranda et s'accouda à la balustrade. Je l'y suivis.

— Tu sais, j'ai une vraie passion pour les voitures américaines des *sixties*. Alors, en arrivant ici avec mes amis, j'ai pensé : « Et si je m'en achetais une, puisque j'en meurs d'envie ? » Et… je l'ai fait !

— Quoi ? Tu as acheté une voiture ?

Il hocha la tête :

— Oui. Une réplique. Elle est trop belle ! Rouge, avec une bande argentée, tu vois, et des ailettes à l'arrière… Elle m'a coûté beaucoup d'argent, et il faudra en plus que je paie pour le transport en bateau jusqu'en France. Pourtant, je ne le regrette pas, je t'assure ! J'en rêvais depuis toujours !

— C'est génial, dis-je poliment. Elle doit être super, cette voiture.

Mais j'étais déçue, c'était plus fort que moi. Était-il possible que Jacques n'ait pensé à rien d'autre ? Il y avait un instant à peine, j'aurais parié qu'il était rongé par un sentiment de culpabilité, et que cela avait un lien avec l'œuf de Fabergé. Or, à l'en croire, il avait juste eu l'esprit occupé par son achat !

Penchée par-dessus la balustrade, je devins songeuse. Mon regard se perdit dans le vague, sans que je prête vraiment attention à la maison de M. Geffington, plongée dans la pénombre. Depuis l'angle de la véranda, j'avais une vue dégagée par-dessus la palissade qui séparait le jardin de notre voisin et celui de Simone. Je distinguais la totalité du jardin de devant ainsi que la moitié du potager, à l'arrière.

Jacques s'adressa à moi :

– Nancy ? J'espère que tu accepteras de faire un tour en voiture avec moi, un de ces jours. Tu verras, tu vas adorer ce bijou ! C'est vraiment une belle américaine, comme on dit. Exactement comme toi.

– Merci, murmurai-je. Ce serait sympa de faire une balade.

En fait, j'étais trop distraite pour être flattée par son compliment. J'étais obnubilée par mon affaire. « Ce n'est pas parce qu'il n'avoue pas être l'auteur du vol que je dois renoncer à obtenir des informations, pensai-je tandis qu'il continuait à parler de sa voiture. Il pourrait apporter des éléments utiles à l'enquête. »

Alors que je me demandais comment revenir sur le sujet, je captai, du coin de l'œil, un mouvement dans l'arrière-cour de M. Geffington. Quelque chose remuait là-bas, dans la pénombre.

Aussitôt sur le qui-vive, je me penchai par-dessus la balustrade pour mieux voir. De quoi s'agissait-il ? Était-ce seulement un animal errant ? Ou bien le massacreur de courgettes était-il de retour ?

Il fallait que je sache !

— Excuse-moi, dis-je très vite à Jacques, je dois vérifier quelque chose !

J'allais bondir par-dessus la balustrade lorsque je me rappelai que je portais une jupe. Moulante, en plus ! Maudissant ce choix vestimentaire stupide, je fis volte-face et me ruai vers l'escalier de la véranda.

— Hé, attends ! s'écria Jacques, déconcerté. Où vas-tu ?

— Je reviens tout de suite !

Je longeai, prudemment mais hâtivement, l'allée de Simone, de plus en plus furieuse et dépitée d'avoir mis une jupe droite. Si j'avais eu un jean, comme d'habitude, j'aurais pu couper à travers le jardin et sauter la palissade, c'était plus rapide !

Mais peu importait. Avec un peu de chance, l'intrus – si j'avais bien vu un intrus ! – ne m'entendrait pas venir par ce chemin.

– Nancy ! cria Jacques d'une voix sonore. Attends ! Tu ne dois pas t'aventurer comme ça en pleine nuit ! C'est imprudent !

« Et zut ! pensai-je. Pour l'effet de surprise, c'est fichu ! »

Consciente des pas précipités de Jacques lancé à ma suite, je passai à la vitesse supérieure. Encore quelques mètres, et j'atteindrais les marches en ciment qui descendaient dans le jardin de M. Geffington. Je scrutai les ténèbres, essayant de repérer un mouvement.

« Là ! pensai-je, jubilant de ma découverte. Juste là derrière ! Près de la clôture ! »

Je plissai les yeux pour mieux percevoir la silhouette indistincte. Difficile de dire de quoi ou de qui il s'agissait. La chose se mouvait à l'ombre épaisse d'un petit bouquet d'arbres dans le jardin latéral, près de la palissade. Et, surtout, elle ne semblait pas se rendre compte qu'elle était observée !

Le cœur battant à l'idée de prendre le vandale la main dans le sac – ou plutôt sur sa massue ! –, j'accélérai. Derrière moi, j'entendis Jacques se rapprocher au pas de course. Il semblait sur le point de me rejoindre. Pourvu qu'il garde le silence encore quelques secondes, c'était tout ce que je demandais !

D'un bond, je gagnai enfin l'escalier. Comme il n'y avait pas de main courante, je dus ralentir pour descendre la première marche.

Soudain, mes pieds se dérobèrent sous moi. Dans ma chute, je vis le ciel nocturne basculer à la renverse…

Puis ce fut le trou noir.

9. Filature

Un bip léger me réveilla.

« Bizarre, pensai-je, allongée, les yeux clos, flottant sur un nuage. Mon réveil ne sonne pas comme ça, d'habitude… »

– Nancy ? Nancy, tu es réveillée ?… Je crois qu'elle revient à elle !

– Ned ? coassai-je. Qu'est-ce que tu fabriques ici… ?

Ouvrant les yeux, je restai muette de surprise. Au lieu du gai papier de ma chambre, et de son solide mobilier en bois, je ne voyais que du blanc et de l'acier autour de moi. J'étais à l'hôpital ! Et ce qui m'était arrivé me revint à la mémoire en un éclair.

– J'ai couru, articulai-je d'une voix rauque et méconnaissable. L'escalier... Jacques... Je l'ai entendu derrière moi... et puis... je suis tombée...

J'essayai de rassembler mes souvenirs, mais la suite des événements se perdait dans le brouillard.

– Chut, dit doucement Ned en posant sa main sur la mienne. Tout va bien. N'essaie pas de te rappeler trop de choses. Tu as eu un choc à la tête. Plutôt rude, selon les médecins.

Je me laissai aller contre le confortable oreiller de mon lit en poussant un soupir.

– Je me suis cogné la tête, répétai-je

Un élancement douloureux me déchira le crâne, comme pour confirmer cette affirmation. J'élevai une main et tâtai mon visage. Un pansement couvrait la majeure partie de mon front.

– Que s'est-il passé, Ned ? Comment m'as-tu trouvée ?

– Jacques est revenu comme un fou chez Simone. Il nous a appris que tu avais glissé dans un escalier et que tu avais reçu un choc à la tête. Nous t'avons trouvée dans le jardin de M. Geffington, évanouie. Le temps qu'on arrive, la moitié du quartier était là. Jacques a fait beaucoup de bruit.

Je souris et grimaçai en même temps. J'avais drôlement mal !

– C'est moi tout craché, dis-je d'une voix rauque. Il faut toujours que je me fasse remarquer.

– Encore une veine que Mme Zucker ait eu son mobile sur elle, continua Ned. Elle a tout de suite appelé une ambulance. Mme Thompson – tu sais, l'infirmière – était là aussi, elle a pris les choses en main jusqu'à l'arrivée des secours.

– C'est vraiment sympa, dis-je d'une voix pâteuse.

Décidément, j'étais groggy !

– Et où sont les autres ? Quelqu'un a prévenu papa ?

– Ils n'acceptaient qu'une seule personne dans l'ambulance, alors c'est moi qui ai été choisi, dit Ned en me caressant doucement les cheveux. Bess et George sont chez Simone. Je leur ai promis de leur téléphoner dès que tu reprendrais connaissance. Quant à ton père, il est en route. Il dînait dehors avec un client, Hannah a mis un moment à le trouver.

Je fermai les paupières, trop sonnée pour absorber les informations à la vitesse où Ned les débitait. Pourtant, malgré mon état, quelque chose me tracassait. Rouvrant les yeux, je regardai mon copain d'un air interrogateur.

— Ned, c'est arrivé comment ? Je ne suis pas maladroite, en général. Comment ai-je pu piquer un pareil plongeon ? J'ai trébuché sur quelque chose ou quoi ?

Je pensai à ma jupe moulante. Ce n'était tout de même pas à cause de ça que j'avais dégringolé l'escalier… ?

— Navré, mais c'est toi le détective, pas moi, fit Ned. Aucun de nous n'a examiné les marches, tu sais. On était trop inquiets pour toi !

— Oui, bien sûr. Désolée, soupirai-je en, portant une main à mon crâne endolori.

Ned sourit :

— Ne sois pas bête ! Tu n'as pas à t'excuser ! Mais c'est une chance que Jacques ait été là pour alerter les secours. Au fait… qu'est-ce que vous fabriquiez chez M. Geffington, tous les deux ?

— Il m'avait semblé voir remuer quelque chose. J'ai pensé que c'était peut-être le vandale…

— Nancy ! s'écria mon père en entrant soudain dans la chambre. Enfin, te voilà ! Que s'est-il passé, ma chérie ?

Ned lui céda sa place pour qu'il puisse s'asseoir près de moi. Je lui souris faiblement. Le beau visage de papa était crispé par l'inquiétude.

– Ça va aller, papa, le rassurai-je. Chez les Drew, on a la tête dure, pas vrai ?

Puis, avec l'aide de Ned, je le mis rapidement au courant des faits.

– Le médecin dit qu'elle va se rétablir sans problème, conclut Ned. Ils vont la garder en observation pendant un jour ou deux, uniquement par précaution. Elle sera tout à fait remise dans quarante-huit heures.

– Je suis bien soulagé ! dit papa en déposant un baiser affectueux sur mon front. Nancy, ai-je bien entendu, en entrant ici ? C'est en enquêtant sur cette stupide histoire de courgettes que tu as manqué de te rompre le cou ?

– Pas vraiment, m'empressai-je d'affirmer.

Je le voyais soucieux, et je n'avais aucune envie qu'il se tracasse au point de vouloir que j'abandonne l'affaire.

– J'ai été maladroite, c'est tout. J'allais trop vite, j'ai dû faire un faux pas.

– Mmm…, marmonna papa, pas vraiment convaincu.

– D'ailleurs, ajoutai-je, je n'ai pas encore eu l'occasion de t'en parler, mais j'enquête aussi sur une autre affaire.

Papa était parti tôt ce matin-là pour faire une partie de golf. Je n'avais donc pas pu le mettre au courant du vol commis chez Simone.

Et maintenant j'avais besoin de son aide! L'un des éléments que j'avais appris à la soirée avait-il une signification particulière? Je songeai à la violente réaction de Pierre lorsque j'avais «accusé» ses amis. Était-il au courant d'une chose que j'ignorais? Et puis, que penser de la conduite bizarre de Jacques? Et enfin, avais-je vraiment dégringolé toute seule l'escalier de M. Geffington?

Je m'apprêtais à en parler à papa quand une infirmière fit irruption dans la chambre:

– Eh bien, messieurs! Comme vous le voyez, elle est on ne peut plus vivante! Et elle sera encore là demain. Alors, vous finirez de papoter à ce moment-là! Pour le moment, les visites sont terminées.

Je crus un instant que papa allait s'insurger – il est drôlement convaincant quand il veut! S'il tenait à prolonger les heures de visite, il obtiendrait gain de cause!

Mais il se contenta de soupirer et s'inclina pour m'embrasser de nouveau.

– Dors un peu, ma chérie. On se reverra demain.

***

– Les visites commencent quand? demandai-je le lendemain matin à l'infirmière lorsqu'elle apporta mon petit déjeuner.

Elle posa le plateau sur la table de nuit et arrangea mes couvertures en répondant gaiement :

— Pas avant cet après-midi. Oh, sois tranquille, je parie que tes amis viendront à la première heure !

Je me sentis déçue. J'avais l'esprit beaucoup plus clair et, dès mon réveil, j'avais réfléchi à l'affaire de Simone. Une ou deux choses n'avaient pas de sens ! J'avais besoin d'en discuter avec quelqu'un !

— Je peux téléphoner ? demandai-je.

Elle me désigna l'appareil qui se trouvait sur la table de chevet.

— Bien sûr ! Mais mange d'abord, OK ? Tu dois être en forme si tu veux sortir demain.

Je lui souris et j'avalai consciencieusement devant elle une bouchée d'œufs brouillés. Cependant, dès qu'elle eut quitté la chambre, je repoussai mon plateau et saisis le récepteur, composant le numéro de George.

Elle parut très heureuse de m'entendre.

— Alors, comment te sens-tu ? Ils te libèrent quand ?

— Mieux, et je ne sais pas ! Demain matin, il paraît. Le médecin tient à me garder quarante-huit heures au cas où, soupirai-je. Résultat, je perds toute une journée d'enquête ! La piste va se refroidir !

— Possible, dit George. Si tu es d'accord, je peux enquêter à ta place, aujourd'hui. Avec Bess, bien entendu.

Je n'avais pas pensé à cette solution ! J'aurais préféré mener l'enquête moi-même, bien sûr. Pourtant, la meilleure option, après moi, c'était encore que mes amies s'en chargent !

— C'est vrai ? Vous feriez ça ? Ce serait génial ! Vous pourriez cuisiner les copains de Pierre, alors. J'espérais tant leur soutirer des infos, hier soir ! Mais attention, ils ne doivent pas se douter qu'on les soupçonne ! N'oublie pas la réaction de Pierre ! Tu vois une excuse pour traîner un peu avec eux ?

George éclata de rire.

— Tu te fiches de moi ou quoi ? Ce sont des *garçons*, je te signale ! Tant que la divine Bess leur fera les yeux doux, on n'aura besoin d'aucun prétexte !

— Juste !

— D'ailleurs, Pierre m'a déjà téléphoné pour nous inviter à passer chez lui, continua George. Tu sais quoi ? Ils se sont cotisés pour t'envoyer un énorme bouquet de fleurs. Ils sont allés le choisir ce matin.

— C'est super sympa de leur part !

Elle s'esclaffa.

— Tu penserais peut-être différemment si tu les avais entendus pinailler sur le prix ! Ce pauvre Jacques a failli s'évanouir en apprenant ce que coûtait le genre de bouquet qu'ils voulaient t'offrir. Il ne doit pas avoir beaucoup d'argent. En fait, René a dit à Bess qu'il lui avait avancé l'argent pour son billet d'avion, avec l'aide de Théo.

Je remuai distraitement mes œufs brouillés avec ma fourchette, en me remémorant ma conversation de la veille avec Jacques.

— Ah ? fis-je. Avec quoi a-t-il acheté sa voiture, alors ?

— Il a acheté une voiture ? s'étonna George.

Je lui rapportai les propos de Jacques en concluant :

— Ça semblait tout récent, à l'entendre. Du genre « Je viens de la payer cash », quoi ! Je ne l'ai pas questionné parce que, sur le coup, ça ne m'a pas paru important.

— Ça ne l'est sans doute pas. Peut-être qu'il frimait. Bess pense qu'il a le béguin pour toi.

— Ah oui ?

Je rougis, me demandant si c'était vrai. Si je suis très observatrice, en général, quand un garçon s'intéresse à moi *de cette façon*, je ne m'en rends pas toujours compte.

— Enfin bref, enchaînai-je, un peu gênée, c'est quand même bizarre, cette histoire de voiture, non ?

Me promettant de réfléchir à la situation financière de Jacques, je suggérai :

— Vous devriez essayer d'en savoir un peu plus long sur lui.

— C'est clair ! Il nous paraît plutôt étrange que aies dégringolé cet escalier, Nancy. Ça ne te ressemble pas !

— Je sais, dis-je tout en grappillant un grain de raisin sur le plateau de mon petit déjeuner. Mais j'avais déjà du mal à marcher avec la fichue jupe que je portais. Alors, dévaler un escalier, tu penses !

— Désolée, je n'y crois pas, déclara George, sceptique. Tu es tombée dans les pommes, tout de même. Ça n'aurait pas été le cas si tu avais juste trébuché ! Bon, OK, il n'y a pas de main courante. N'empêche. Tu te serais rattrapée d'une façon ou de l'autre…. Tu te serais peut-être cassé le poignet, mais tu n'aurais pas une commotion cérébrale !

— Qu'est-ce que tu veux dire par là ?

— Que tout ça est louche ! Il y a forcément quelque chose là-dessous. On t'a fait un crocen-jambe… ou on t'a poussée… un truc comme ça.

Cette même idée m'avait traversée plus d'une fois, depuis la veille ! Je repensai aux pas précipités que j'avais entendus : avaient-ils été si proches que ça ? Je tentai de réfléchir, de revivre ce moment… rien à faire ! Mes souvenirs demeuraient flous. Je ne me rappelais pas avoir senti une bourrade. Mais je ne me souvenais pas non plus de m'être cogné le crâne et, pourtant, cela avait eu lieu !

— Tu penses que *Jacques* m'a poussée ?

— Qu'est-ce que tu veux que ce soit d'autre ? rétorqua George. Enfin, quoi ! Vous sortez tous les deux, et, cinq minutes plus tard, il déboule en courant pour nous annoncer que tu as glissé et que tu t'es assommée. C'est un peu gros !

— Au fait, comment a-t-il décrit l'accident ? m'enquis-je avec curiosité. Il a donné une explication ?

— Pas vraiment. Il a prétendu que tes pieds s'étaient dérobés sous toi, que tu étais tombée à la renverse, de biais, et que tu t'étais cogné le côté de la tête contre la pierre.

Je tâtai ma tempe endolorie sans pouvoir réprimer une grimace.

— Pour ce qui est de ce dernier point, ça colle avec les preuves ! Bon, mettons que

Jacques ment. Pourquoi aurait-il voulu s'en prendre à moi?

– Tu le questionnais sur la disparition de l'œuf, non? Il a pu entendre les protestations de Pierre – comme quoi tu accusais ses copains, je veux dire. Il a peut-être pensé que tu serrais la vérité d'un peu trop près, que tu devinais ce qui s'était passé.

– Sauf que je ne devinais rien du tout! m'exclamai-je.

– S'il n'a pas la conscience tranquille, il suffit qu'il *ait cru* le contraire, observa finement George.

Il y avait du vrai dans ce qu'elle disait, c'est sûr!

– De toute façon, à ce stade, on ne peut écarter aucune hypothèse ni exclure aucun suspect. Ah, j'aimerais bien vous accompagner! Si un des garçons a quelque chose à se reprocher, il pourrait devenir nerveux... Cet accident ne me dit rien de bon! Il serait plus prudent de les surveiller *à distance* et de voir si l'un d'eux tente quelque chose...

– On fera de notre mieux, promit George. Après tout, on a été à l'école de l'as des as! En cas de problème, on n'aura qu'à se demander: «Que ferait Nancy Drew?» Bon, on passera te voir pendant les heures de visite, OK? On te dira comment ça a marché.

– OK! Bonne chance. Et soyez prudentes, hein!

***

Je passai le reste de la matinée à lire, à regarder la télé – et à m'efforcer de ne pas trop réfléchir, puisque, de toute façon, j'étais clouée au lit! Au début de l'après-midi, papa vint me voir avec Hannah pour m'apporter de nouveaux magazines et des cookies maison. Pendant qu'ils étaient dans ma chambre, on me livra le bouquet de Pierre et des garçons; d'autres fleurs, envoyées par Simone; et des vœux de prompt rétablissement de certains voisins, sous forme de cartes postales.

Lorsque papa et Hannah furent partis, j'attendis impatiemment des nouvelles de George et de Bess. Avaient-elles fait une découverte importante? Étaient-elles en train de résoudre le mystère sans moi?

« Ah là, là! Ça traîne, ça traîne! pensai-je. Si ça continue, la période des visites finira avant leur arrivée!» Je finis tout de même par entendre le petit rire familier de Bess dans le couloir. Une seconde plus tard, George surgit sur le seuil de ma chambre en lançant:

– Désolée de passer si tard ! Si c'est Bess que tu veux voir, il va falloir t'armer de patience ! Elle est en train de draguer un patient hyper mignon !

Bess entra précipitamment à sa suite.

– Je ne flirtais pas ! affirma-t-elle, presque aussi écarlate que la veste qu'elle portait. Je n'allais quand même pas l'ignorer alors qu'il me disait bonjour !

George leva les yeux au ciel. En riant, je leur fis signe d'approcher. Bess s'assit sur le bord de mon lit.

– Comment te sens-tu ? s'enquit-elle. Tu as toujours mal à la tête ?

– Un peu, mais ça va mieux, lui assurai-je. On ne va pas en faire un réveillon ! Fermez la porte pour qu'on puisse parler, OK ?

Par chance, j'avais une chambre individuelle. Nous n'aurions pas à nous soucier d'être entendues.

– Tu vas mieux, c'est clair, puisque tu nous donnes des ordres ! lança George.

– Alors, il y a du neuf ? fis-je en me calant contre mes oreillers dès qu'elle eut refermé le battant. Vous avez eu un coup de chance ?

Bess et George échangèrent un regard, puis s'exprimèrent en même temps :

– Euh, en un sens, oui, lâcha Bess.

– Non, pas exactement, fit George.

– Bon, je vous écoute.

George prit place sur le fauteuil des visiteurs, près de mon lit, croisa les jambes et commença :

– Après t'avoir parlé, ce matin, j'ai rameuté Bess. Comme elle était encore en train de s'habiller, je me suis dit : « Il y en a pour des heures… »

– Tu plaisantes ! protesta Bess en lui décochant un regard noir. Ne l'écoute pas, Nancy, elle délire ! Je suis partie la chercher presque tout de suite.

– C'est vrai, reconnut George avec une lueur dans l'œil. Quand j'y pense, je regrette de ne pas lui avoir accordé plus de temps, elle aurait peut-être choisi une tenue plus appropriée pour une filature ! Mais bon, j'anticipe, là.

J'examinai avec curiosité la toilette de Bess. Elle portait une veste en coton rouge, un T-shirt assorti rayé rouge et blanc, un corsaire blanc et de ravissantes sandales rouges hyper mode. Pas précisément le genre passe-partout ! Et sur une fille qui attirait les regards, en plus ! George était habillée de façon beaucoup plus banale, en jean et T-shirt foncé.

– En tout cas, continua George, en attendant qu'elle passe me chercher, je suis allée fouiner sur le Net. Histoire de voir si je dénichais un truc intéressant sur nos suspects.

George gère le site web de l'entreprise de restauration de sa mère. Elle passe plus de temps en ligne que n'importe qui. Quand on a besoin de faire une recherche, c'est à elle qu'il faut s'adresser !

— Génial ! dis-je, en regrettant de ne pas avoir eu cette idée plus tôt. Et qu'est-ce que tu as trouvé ?

— Pas grand-chose, convint-elle. J'ai à peine eu le temps de me connecter avant l'arrivée de Bess. Mais je remettrai ça en rentrant.

— Cool ! Alors, qu'est-ce que vous avez fait, les filles ?

Ce fut Bess qui continua le récit :

— On a roulé jusqu'à ton quartier et on s'est garées devant chez toi : on s'est dit que ça éveillerait moins les soupçons, pour le cas où on nous aurait espionnées.

— Tu vois ? On a *vraiment* profité de tes leçons ! glissa George en souriant jusqu'aux oreilles.

— Bon plan, admis-je en éclatant de rire. Et puis après ?

— On a marché jusqu'à la maison de Simone, continua Bess. On a choisi une bonne cachette derrière des buissons, de l'autre côté de la rue, et on a guetté.

— D'abord, on est allées regarder par la fenêtre ! rappela George en me décochant un coup d'œil expressif. On n'allait pas poireauter pendant des heures pour s'apercevoir après qu'ils étaient sortis. C'est *moi* qui ai pensé à vérifier s'ils étaient bien là.

— Ben voyons ! fit Bess en levant les yeux au ciel. Et c'est toi aussi qui as eu la riche idée de coller ta grosse caboche au beau milieu de la vitre de la cuisine. Encore une veine qu'ils ne t'aient pas repérée !

— L'important, c'est qu'ils n'ont rien remarqué, décréta George. Enfin, bref, ils étaient à la maison. Vu ma discussion avec toi ce matin, on avait décidé que, si les garçons se séparaient en sortant, on suivrait Jacques.

— C'est indéniablement le suspect numéro un, étant donné ce qui t'est arrivé, Nancy, affirma Bess.

Elles semblaient si fières de leur décision que je me contentai de hocher la tête en souriant. Il y avait du louche du côté de Jacques, c'était sûr. Mais je regrettais presque qu'elles n'aient pas résolu de suivre René ou Théo. J'avais à peine eu l'occasion de leur parler ! J'aurais aimé en savoir un peu plus sur eux… «Et si nous étions en train de braquer notre attention sur le mauvais suspect pendant que le vrai coupable s'en donne à cœur joie sous notre nez?» pensai-je.

Je gardai cependant le silence tandis que George reprenait le fil du récit:

— Après le petit déjeuner, Simone est allée quelque part en voiture; Pierre et Théo se sont rendus dans le jardin de derrière et ont commencé à le débroussailler. On les a observés pendant un moment, jusqu'à ce que Jacques sorte sur la véranda.

Bess hocha vivement la tête.

— Il avait l'air méfiant, souligna-t-elle. Il n'arrêtait pas de regarder par-dessus son épaule, comme s'il ne voulait pas qu'on le voie partir.

— Et il a pris le chemin du centre-ville *à pied*, précisa George. S'il a une voiture de sport, il la cache bien!

— Intéressant, dis-je. Vous l'avez suivi?

— Évidemment! s'exclama Bess. On s'est tenues à distance, bien sûr, jusqu'à ce qu'on soit en ville; là, c'était plus facile de le serrer de près sans risque d'être repérées.

Je regardai les sandales de Bess. J'aimerais bien savoir comment elle se débrouille pour dénicher des chaussures classe aussi confortables que des tennis ! C'est un véritable don, chez elle !

– Et où est-il allé ? m'enquis-je.

George se pencha vers le chevet pour prendre un des cookies d'Hannah et le dévora aussi sec.

– Dans plusieurs endroits. Il n'a pas été simple de le suivre sans se faire voir.

– Oui, Nancy, approuva Bess. Au cinéma, ça a toujours l'air hyper facile. Mais ce n'est pas le cas, tu peux me croire.

Mon sixième sens me titilla de plus belle... Cette fois, cependant, cela n'avait aucun rapport avec Jacques, ni avec l'affaire en tant que telle. J'avais plutôt l'impression que mes amies me cachaient quelque chose...

– Où voulez-vous en venir ? lançai-je. Jacques vous a surprises en pleine filature, c'est ça ?

Bess parut penaude.

– Euh... peut-être qu'on est moins habiles qu'on ne l'imaginait...

– « On » ? s'insurgea en ricanant George. Dis donc, ce n'est pas moi qui me suis déguisée en enseigne lumineuse ! Cette veste rouge serait visible de la planète Mars !

Enfin, je savais à quoi m'en tenir !

– Bref, Jacques vous a vues, déclarai-je.

– Je pense qu'il nous a repérées à une ou

deux reprises, avoua Bess. On l'a suivi dans cette grande boutique d'antiquités de River Street, tu sais, et on s'était séparées pour passer plus facilement inaperçues. À un moment donné, j'ai contourné une sorte de grosse urne et je me suis retrouvée nez à nez avec lui. Il n'a pas eu l'air spécialement contrarié, remarque. Il a voulu savoir comment tu allais, et puis il a dit qu'il m'avait vue chez «Parures d'Antan». Alors, il a demandé si je le suivais.

— Il plaisantait, c'était clair, glissa George. Mais la super détective Bess a paniqué !

— Peut-être un peu, concéda Bess en rougissant. Je… j'ai admis que je le suivais parce que je n'osais pas l'aborder, et que je l'avais trouvé super mignon à la soirée, tout ça, quoi. Enfin, tu vois…

— J'hallucine, même ! fis-je en souriant jusqu'aux oreilles. Et il t'a crue ?

Bess eut un sourire modeste.

— Il a eu l'air. En fait, je pense qu'il allait m'inviter à sortir avec lui. Évidemment, il a fallu que George déboule de derrière une pile de vieux tapis orientaux…

— Hé ! J'ai cru que tu allais griller notre couverture ! s'exclama George. Alors, tu comprends, Nancy, je suis venue à la rescousse.

C'est là, à mon avis, que Jacques nous a trouvées un peu bizarres.

– Rien qu'un peu ? ironisai-je.

L'équipée de mes amies commençait à évoquer un numéro de poursuite burlesque dans un film de Charlot !

– Devine ce que George a trouvé pour lui ôter ses éventuels soupçons : un interrogatoire en règle ! railla Bess.

– La meilleure défense, c'est l'attaque, non ? rétorqua George sans se démonter. Je lui ai carrément demandé pourquoi il traversait la ville à pied alors qu'il possédait cette fameuse voiture de sport dont il s'était tant vanté. Ça l'a pas mal désarçonné, je dois dire.

– Oui, enchaîna Bess, il est devenu tout rouge et il a marmonné qu'elle était au garage. Comme si c'était vraisemblable ! Une voiture neuve, déjà en réparation ? Bien entendu, j'ai voulu savoir quel était le problème.

C'était bien de Bess, ça ! Si George a la passion des ordinateurs, Bess, elle, est folle de voitures. Elle répare la sienne elle-même, et peut identifier la nature d'une panne au quart de tour.

– Il a balbutié n'importe quoi ! continuat-elle en levant les yeux au ciel. J'ai émis une ou deux hypothèses, et il avait toujours l'air aussi largué. Tu te rends compte ? Il ne savait même pas si sa voiture avait un arbre à cames en tête ! Non, mais tu crois vraiment qu'un mec un peu sensé ignorerait un truc pareil au sujet de sa voiture de sport toute neuve ? À d'autres !

Je suis nulle en mécanique, et je n'avais pas la moindre idée de ce que pouvait être un arbre à cames en tête ! Mais je devais admettre que Bess tapait juste. Décidément, l'histoire de Jacques devenait de plus en plus suspecte…

— Il avait l'air très mal à l'aise, souligna George. Il a été incapable de répondre aux questions de Bess. Il a fini par balbutier une vague excuse et il est parti.

Bess conclut en souriant :

— On a décidé de ne pas le suivre jusque chez Simone pour les raisons que tu devines.

— Intéressant…, murmurai-je, considérant ce que mes amies venaient de me raconter. Si vous me parliez un peu des boutiques qu'il a visitées ?

— Oh oui, au fait ! C'est super important ! s'écria George. Il est entré dans une joaillerie, un dépôt-vente et chez trois antiquaires.

Ayant égrené cette liste en comptant sur ses doigts, elle s'interrompit pour que j'absorbe bien ces informations, puis révéla :

— Mais il n'a rien acheté !

10. Sur la piste du coupable?

Je m'interrogeais toujours sur la curieuse séance de shopping de Jacques quand les visites prirent fin et qu'une infirmière vint chasser mes amies.

Une joaillerie, un dépôt-vente, des antiquaires... Des endroits tout désignés pour écouler l'œuf volé! Inutile de nier que Jacques s'affirmait de plus en plus comme notre suspect numéro un!

Cependant, il n'avait pas présenté le joyau dans les boutiques... Était-il en train de rechercher un endroit idéal pour s'en débarrasser en échange d'argent liquide? Ou bien faisions-nous fausse route parce qu'il nous manquait une pièce importante du puzzle ? Ce fut à cela que je réfléchis pendant mon repas, et c'était encore ce qui m'occupait l'esprit au moment où je m'endormis.

**

En m'éveillant, le lendemain, j'avais beaucoup moins mal à la tête. J'avais hâte de sortir de l'hôpital et de recommencer à enquêter !

Alors que je venais de terminer mon petit déjeuner, le téléphone sonna. C'était Simone.

— Je me sens beaucoup mieux, lui assurai-je comme elle me demandait de mes nouvelles. Je devrais sortir dans la matinée, en principe.

— Oh, c'est merveilleux, Nancy ! s'écria-t-elle. Nous nous sommes fait tant de souci pour toi ! Je m'en suis terriblement voulu, tu sais, après ta chute. Je me sentais responsable parce que ça s'était passé à ma soirée.

— Tu n'y es pour rien, affirmai-je. C'était juste un accident. Je n'ai à m'en prendre qu'à moi. J'ai été maladroite, c'est tout.

— Pierre me serine la même chose ! dit-elle en riant. Pas en ce qui concerne ta maladresse, bien sûr ! Mais qu'il s'agit d'un accident, comme Jacques nous l'a dit.

Elle soupira.

– Je suis si contente qu'il soit près de moi !
Ça m'aide à traverser cette mauvaise passe. Je
suis très réconfortée d'avoir un membre de ma
famille auprès de moi dans mon nouvel envi-
ronnement. C'est drôle… Qui aurait cru que
nous finirions par être si proches, Pierre et
moi ? Mon père et le sien avaient des rapports
si conflictuels ! Pourtant, avec ce qui s'est
passé, Pierre est devenu plus qu'un neveu pour
moi. Presque un frère. Ah, tiens, justement, le
voilà ! Il a dû entendre que je parlais de lui. Une
seconde, s'il te plaît, Nancy !…

Je patientai, adossée à mon oreiller, tout en
m'interrogeant sur la portée de l'information
que venait de me livrer Simone. Selon toute
apparence, son père et celui de Pierre ne s'entendaient pas. Y avait-il là matière à réflexion ?
Si je cherchais à en savoir davantage à ce sujet,
je me montrerais indiscrète. Cependant, ma
curiosité était éveillée. Il était possible que ce
fait n'eût aucun rapport avec la disparition de
l'œuf de Fabergé. Pourtant, il n'est jamais bon
de dédaigner un indice éventuel, si improbable
qu'il paraisse au premier abord !

Alors que je m'efforçais de trouver une
façon élégante d'obtenir des informations,
Simone revint en ligne :

— Nancy, Pierre a très envie de te parler. Je te le passe.

— OK.

— Nancy ! s'exclama presque aussitôt Pierre dans le récepteur. C'est toi ! Tu es bien vivante !

— Eh oui ! rigolai-je. Que veux-tu, je suis increvable ! J'espère que je ne vous ai pas trop fait peur ?

— Tu nous as fichu une sacrée frousse, oui ! répondit-il. Te voir là, inerte… Du coup, on relativise les choses, crois-moi !

— Comment ça ?

Il poussa un gros soupir :

— Oh, Nancy ! Simone dit que tu veux l'aider à retrouver son œuf de Fabergé. Mais nous pensons tous les deux qu'aucun héritage, si grande que soit sa valeur, ne vaut la peine de se mettre en danger. Si jamais quelqu'un t'a poussée au bas des marches…

Il n'acheva pas sa phrase, et je ne pris pas la peine de lui signaler que j'enquêtais au sujet des courgettes, et non de l'œuf, au moment de mon accident. Sa sollicitude me touchait.

— Je te suis reconnaissante de t'inquiéter pour moi, lui dis-je. Tu sais, personne ne prétend qu'on m'a poussée ! En réalité, j'ai dû trébucher.

Je n'étais toujours pas sûre de ce fait à cent

pour cent. Néanmoins, tant que je n'aurais pas la preuve du contraire, cela restait le scénario le plus vraisemblable. Après tout, j'avais failli m'étaler plusieurs fois à cause de ma jupe, avant l'accident !

– Mmm…, murmura Pierre, dubitatif. D'après Jacques, c'est ce qui s'est produit… Quoi qu'il en soit, on dirait de plus en plus que cette affaire relève exclusivement de la police ! Je ne veux pas que tu coures de risques ! Et Simone non plus. Nous serions catastrophés, s'il t'arrivait malheur !

– Je t'assure que tu n'as pas à te tracasser pour moi ! D'ailleurs, la police de River Heights ne tardera pas à retrouver l'œuf, j'en suis sûre.

Je n'avais aucune certitude de ce genre. Et je n'avais pas la moindre intention d'abandonner l'affaire ! Je gardai ça pour moi, je ne voulais pas causer du souci à Pierre et à Simone. Une fois sortie de l'hôpital, je verrais bien comment procéder…

Je leur dis au revoir et raccrochai. J'avais à peine reposé le récepteur que le téléphone sonna de nouveau. Cette fois, c'était George qui était à l'autre bout du fil.

– Alors, ils te libèrent aujourd'hui, oui ou non ?

Je souris jusqu'aux oreilles.

— J'espère bien que oui ! Je suis pressée de sortir ! Tu as du nouveau ?

— Eh bien, oui. Attends, ne quitte pas. Bess est près de moi, et elle n'arrête pas de me pincer et de faire des grimaces. Je crois qu'elle veut te parler !

J'entendis un déclic, comme si quelqu'un se connectait sur un deuxième poste, à l'autre bout de la ligne.

— Nancy ? fit Bess. Tu es là ? Comment te sens-tu ?

— En pleine forme ! Bon, qu'est-ce que tu disais, George ? Tu as de nouveaux éléments ?

— Si on veut, fit George. J'ai un peu fouiné sur la Toile hier soir, et j'ai découvert qu'il n'existe aucune voiture enregistrée au nom de Jacques ! Ni en France ni chez nous. Rien. Nib. Nada. Des clous ! Conclusion : s'il possède réellement une sportive de luxe, il ne se l'est pas procurée légalement.

— Je te rappelle que nous ne sommes pas sûres qu'elle existe ! soulignai-je tout en souriant à l'infirmière qui venait débarrasser mon plateau.

J'attendis qu'elle soit sortie de la chambre et continuai :

— Il a très bien pu inventer toute cette

histoire pour une raison ou une autre.

– À moins qu'il ne l'ait pas encore fait immatriculer, dit Bess. Il a prétendu qu'il *venait* de l'acheter, non ?

– Oui, dis-je à l'instant où l'infirmière faisait sa réapparition, escortée de mon père. Houlà ! Il va falloir que je vous laisse, les filles. Je crois qu'ils me relâchent enfin. Je vous rappelle dès que je suis à la maison.

***

Une heure plus tard, mon père garait sa voiture devant notre villa.

– Tu es sûre de te sentir tout à fait bien ? me demanda-t-il. Je peux annuler mes rendez-vous et te tenir compagnie, si tu veux.

Je levai les yeux au ciel. Papa m'avait déjà posé cette question une bonne douzaine de fois pendant le bref trajet depuis l'hôpital !

– Je vais très bien, lui affirmai-je. Tu as entendu le médecin, non ? Il a affirmé que j'étais comme neuve ! C'est très sympa de m'avoir accompagnée, mais tu peux aller à ton cabinet maintenant, je t'assure !

– Bon, bon, d'accord, dit-il avec un sourire penaud. Mais j'insiste pour que tu te reposes cet après-midi. Hannah va prendre soin de toi.

Au même instant, Hannah surgit sur le seuil et vint à notre rencontre. Je la laissai m'aider à descendre de voiture et à longer l'allée d'accès à la maison, même si je me sentais réellement bien.

Bientôt, elle m'eut fourrée au lit, et se mit à s'activer autour de moi, affairée à me dorloter. Elle m'apporta des revues, puis me prépara à manger. Lorsqu'elle eut emporté le plateau et mis les couverts dans le lave-vaisselle, elle revint passer la tête dans l'entrebâillement de la porte :

— Je dois faire une course ou deux. Tu peux rester seule en attendant ?

— Bien sûr ! Ne t'inquiète pas pour moi. Prends ton temps !

Dès que j'entendis démarrer sa voiture, je sautai à bas du lit. Assez de repos pour aujourd'hui ! J'avais hâte de reprendre mon enquête !

J'étais en train de m'habiller lorsque le téléphone sonna. Je le saisis vivement, sûre que mon père m'appelait pour savoir ce que je faisais.

— Allô ? fit une voix douce avec un accent. Miss Nancy est là, s'il vous plaît ?

— C'est elle-même, annonçai-je, reconnaissant aussitôt mon interlocuteur. Salut, Jacques !

— Salut, répondit-il timidement. Je... je

voulais seulement savoir comment tu vas. Pierre m'a appris que tu étais sortie de l'hôpital.

— C'est exact, dis-je en m'appuyant contre ma coiffeuse et en calant le téléphone sous mon menton pour pouvoir démêler mes cheveux tandis que je parlais. Et je vais bien, merci.

— Ah, c'est une bonne nouvelle! soupira-t-il, soulagé. Je n'arrête pas de me répéter que j'aurais peut-être pu te rattraper si j'avais été plus près. Malheureusement, je ne t'ai même pas vue tomber. Je m'en suis rendu compte trop tard, au moment où ta tête heurtait les marches.

— Ah? fis-je, lâchant mon peigne pour me redresser avec un intérêt soudain. Les autres prétendent que tu m'as vue trébucher et tomber.

Jacques hésita:

— Pas exactement… J'ai aperçu ce qui se passait du coin de l'œil… J'ai compris que ton pied avait dérapé et que tu basculais en arrière. En fait, quand tu as commencé à descendre l'escalier, un truc a distrait mon attention.

— Quoi? demandai-je, me remémorant aussitôt la silhouette indistincte dans le jardin de M. Geffington. Tu as remarqué quelque chose de particulier?

— Je… je crois, oui…, dit-il avec hésitation. J'ai repéré une silhouette qui courait à travers les buissons, dans le jardin où on entrait. J'ai détourné la tête pour essayer de distinguer ce que c'était. Lorsque je me suis retourné vers toi, tu étais en train de dégringoler les marches.

— Et tu as pu identifier la silhouette ? C'était une personne ? Quelle taille avait-elle ?

— Désolé, je ne l'ai pas vue distinctement. Ça aurait pu être quelqu'un qui se déplaçait en courbant le dos, mais aussi un animal... Un grand chien, peut-être ? Je n'ai fait que l'entrevoir, en réalité. Tu as crié, et je me suis retourné au moment où tu heurtais le sol. J'ai eu très peur.

De nouveau, je rassurai Jacques, lui affirmant que je me portais bien. Puis on se dit au revoir et je raccrochai. Je demeurai songeuse pendant un moment, réfléchissant à notre conversation. Pourquoi m'avait-il appelée ? Était-ce pour prendre de mes nouvelles ? Ou bien essayait-il de savoir de quoi je me souvenais exactement ? J'étais incapable de le déterminer. Son inquiétude semblait sincère, et il ne m'avait pas réellement interrogée sur les souvenirs que je gardais de l'accident. Pouvais-je en tirer une conclusion quelconque ?

Je secouai la tête, frustrée. Jusqu'ici, tous les indices dont je disposais semblaient désigner Jacques comme le coupable le plus probable : son isolement volontaire à la soirée ; l'extravagante histoire de la voiture de sport, qui n'existait peut-être pas ; sa présence sur les lieux de mon mystérieux accident ; ses étranges courses dans les magasins lorsque Bess et George l'avaient pris en filature...

Et pourtant, malgré tout cela, l'hypothèse qui consistait à faire de lui un voleur ne me semblait pas tenir la route ! L'ennui, c'est que je n'arrivais pas à concevoir d'autres théories plus plausibles. Je n'avais qu'une certitude : *quelqu'un* avait volé l'œuf de Fabergé, et ce quelqu'un n'était pas facile à débusquer !

Je soulevai mon téléphone pour appeler George et Bess.

***

Mes amies arrivèrent quelques minutes plus tard. J'avais aussi tenté de joindre Ned, mais il était sorti avec son père.

— Alors ? fit George dès qu'elle arriva avec Bess. Maintenant que tu es de nouveau opérationnelle, tu as conclu tes affaires ?

— Pas précisément, admis-je.

Je me perchai sur le rebord de l'antique banquette de notre vestibule. J'étais un peu affaiblie par mes deux jours d'alitement et j'avais vaguement mal la tête. Mais mes neurones se portaient très bien, eux! Tout en attendant mes amies, j'avais continué à réfléchir.

Quelque chose m'échappait, je le sentais. Et je n'aurais de cesse d'avoir trouvé quoi! Après tout, c'était peut-être la clef de toute l'affaire!

— J'aimerais vous poser d'autres questions sur Jacques, dis-je à George et à Bess. De quoi avait-il l'air lorsque vous l'avez suivi? Je veux parler de son état d'esprit, son humeur, son expression, ce genre de trucs-là…

— Ha, ha! s'écria George, dont le regard s'éclaira. Tu commences à le croire coupable, alors?

— Au contraire! Il se peut même que ce soit le seul dont on puisse être sûres qu'il ne l'est pas!

— Pas coupable? lâcha Bess avec surprise. Mais… tous les indices le désignent!

— Justement! C'est ce qui me met la puce à l'oreille! Il se pourrait bien que quelqu'un essaie de lui faire porter le chapeau pour le vol. Et pour mon accident.

— Ce serait donc un coup monté? fit George, sceptique. Encore une de tes fameuses intuitions, je parie?

Je haussai les épaules:

— Mettons. Mais je pense aussi que le faisceau d'indices ne tient pas la route. Je veux dire : Jacques n'est pas un imbécile. Pourquoi m'aurait-il poussée au bas des marches alors que cela le désignait d'emblée comme coupable éventuel ? Et, s'il avait voulu écouler le produit d'un vol, aurait-il arpenté la ville au vu et au su de tout le monde ? Bref, serait-il stupide au point d'essayer de fourguer l'œuf de Fabergé ici, à River Heights ?

– Mmm. Tu touches du doigt le point crucial, admit Bess d'un air songeur. D'ailleurs, en y repensant, il ne semblait pas particulièrement nerveux lorsque nous l'avons pris en filature. Pas avant de m'avoir vue avec George, en tout cas.

– N'empêche qu'il paraissait quand même un peu bizarre, Bess, intervint George en fronçant les sourcils. Tu t'en souviens ? Tu as même fait une remarque sur son expression. On aurait dit qu'il avait l'air en colère, ou préoccupé, un truc comme ça…

– C'est juste, concéda Bess. Mais nerveux, non. Il n'avait pas le comportement de quelqu'un qui trimballe dans son sac à dos un objet volé de grande valeur, et qui est à cran à cause de ça.

– Et cette histoire de bagnole ? nota George. Ça rime à quoi, hein ?

Je dis en haussant les épaules :

— Je reconnais que ça ne tient pas debout et je ne vois pas ce qu'on pourrait en tirer. Bien sûr, si nous l'avions vu avec une voiture de sport, ce serait un indice important, puisque nous savons qu'il n'a pas d'argent. Seulement voilà, il n'y a ni voiture, ni numéro minéralogique.

— Dommage, murmura Bess. J'aurais bien aimé qu'elle existe, cette voiture. Elle avait l'air cool.

— Oui, eh bien, moi, je ne suis pas convaincue de l'innocence de Jacques ! bougonna George. Ça ne nous empêche pas d'explorer d'autres pistes. Qu'est-ce que tu mijotes, en fait, Nancy ?

— Je veux aller chez Simone, déclarai-je. Je n'ai presque pas pu parler avec René et avec Théo. Et je suis un peu inquiète pour Jacques. Si quelqu'un essaie réellement de lui faire porter le chapeau, il se pourrait qu'il soit en danger ! Surtout si l'auteur du coup monté est impliqué dans ma chute.

— Qu'est-ce que tu veux dire ? s'enquit Bess, alarmée.

Je songeai à ma récente conversation avec Jacques.

— J'ai entrevu une silhouette dans le jardin de M. Geffington, révélai-je. C'est pour ça que j'ai couru jusque là-bas ; je pensais qu'il s'agissait de l'écrabouilleur de courgettes. Jacques l'a vue aussi. Et si cette visite avait un rapport avec le vol de l'œuf, hein ? Voyons, entre le moment où je suis sortie sur la véranda pour parler à Jacques et celui de son retour à la maison après ma chute, est-ce que quelqu'un a quitté le séjour ?

— Je n'en sais rien, lâcha George. J'étais allée aux toilettes et, en revenant, je me suis arrêtée pour lire le truc que Simone a accroché au mur du couloir, sur l'histoire de sa famille.

— Moi non plus, je n'en sais rien, avoua Bess. La seule personne dont je me porterais garante, c'est Simone. Si j'ai bonne mémoire, je l'aidais à découper des brownies à la cuisine.

Je consignai dans mon esprit que Simone avait un alibi. C'était vraiment contrariant que je ne puisse joindre Ned ! Il m'aurait sûrement précisé si un des Français avait quitté la pièce, et à quel moment. Quoi qu'il en soit, je n'allais pas attendre son retour chez lui pour le questionner. J'avais compris que quelqu'un tentait peut-être de piéger Jacques, et j'étais inquiète.

— On va tout de suite chez Simone ! décidai-je. Je veux d'abord parler à Jacques. Et après obtenir des informations auprès des autres.

Bess m'examina d'un air soucieux et demanda :

– Tu es sûre d'être d'attaque ? Tu es plutôt pâlotte !

– Je me sens en forme, affirmai-je. D'ailleurs, ce n'est pas très loin, et un peu d'air frais me fera du bien.

Bess et George parurent convaincues. J'aimais mieux ne pas penser à la réaction qu'auraient eue Hannah et mon père s'ils avaient été là !

Un instant plus tard, nous approchions de la maison de Simone. Parvenue devant le jardin de M. Geffington, je lorgnai avec curiosité les buissons du jardin de derrière, là où j'avais entrevu la silhouette. Ils étaient épais mais pas très hauts – un mètre vingt au grand maximum. L'un des Français avait-il pu crapahuter en courant à travers les buissons sans que sa tête dépasse ? « Pas commode ! » conclus-je.

J'allais demander à George d'essayer de le faire, histoire de voir ce que ça donnerait, lorsque Bess, lâchant un soupir étranglé et pointant son index vers l'avant, s'écria :

– Hé, vous avez vu ! Là-haut, sur l'échelle ! C'est Jacques, n… Oh, mon Dieu !

Je me tournai vivement dans la direction qu'elle désignait. Une longue échelle était appuyée au mur à l'arrière de la maison de Simone – ses montants pointaient au-dessus du

toit. Jacques était cramponné à la barre trans-
versale, tout au sommet. Je fis volte-face juste
à temps pour voir l'échelle vaciller sur le côté,
puis revenir à sa position initiale et finalement
disparaître alors qu'elle s'écrasait au sol.

11. Enfin une idée

George, Bess et moi contournâmes la maison de Simone au pas de course pour rejoindre l'arrière-cour. Pierre s'y trouvait, penché sur le corps inerte de Jacques. L'échelle gisait à côté.

– Vite, une ambulance ! hurlai-je tout en courant, et Bess obliqua comme une flèche en direction de la maison.

– Inutile ! lança Pierre. On est enfermés dehors ! C'est pour ça qu'on avait pris l'échelle.

Je pilai net devant lui, imitée par George.

– Mais qu'est-ce qui s'est passé ? s'exclama mon amie, le regard rivé sur Jacques. Qu'est-ce qu'il a ?

— Je n'en sais rien ! s'écria Pierre d'une voix tremblante. On travaillait dans le jardin et on s'est retrouvés bloqués à l'extérieur. Comme on ne savait pas quand Simone et les autres rentreraient, Jacques a proposé de grimper jusqu'à une fenêtre du premier. J'étais en train de débroussailler. Je l'ai entendu pousser un cri, je me suis retourné et je l'ai vu tomber !

À cet instant précis, Jacques remua et poussa un gémissement.

— Ça va aller, lui dis-je d'une voix apaisante en m'agenouillant auprès de lui. Ne bouge pas ! Les secours ne vont pas tarder.

Bess accourut à nous.

— Qu'est-ce qu'on fait ? demanda-t-elle avec anxiété. Ah, si j'avais mon mobile sur moi !

— Y a pas de souci ! dis-je en me redressant. Je cours de l'autre côté de la rue alerter Mme Zucker. Elle travaille chez elle dans la journée. Restez avec Jacques et ne le laissez pas bouger, surtout !

Sans attendre de réponse, je partis à toutes jambes vers la rue et, comme il n'y avait pas de circulation, je traversai sans m'arrêter, filant vers la villa des Zucker, à quelques dizaines de mètres de là. Les autres demeures du quartier semblaient désertes. La plupart des gens étaient encore au travail, à cette heure.

Le petit Owen Zucker était en train de faire swinguer sa batte de base-ball dans l'allée d'accès de sa maison.

– Nancy! cria-t-il en me voyant. Tu joues avec moi?

Je stoppai devant lui, à bout de souffle. La course m'avait fatiguée plus que je ne m'y attendais. Mon crâne m'élançait de nouveau.

– Désolée, Owen, pas maintenant, haletai-je, pliée en deux, les mains sur mes genoux. Tu veux bien aller vite chercher ta maman? Dis-lui qu'il y a urgence!

Owen réagit comme un vrai petit homme. Tout fier d'être chargé de cette mission importante, il me dit:

– OK. Tiens, garde-moi ça!

Il me flanqua sa batte dans les mains et partit vers le perron comme une flèche. Je m'appuyai à la batte bien qu'elle fût toute poisseuse, m'efforçant de recouvrer mon souffle avant l'arrivée de Mme Zucker.

***

Un peu moins d'une heure plus tard, je me trouvais assise sur la véranda de Simone avec George et Bess. Pierre était parti en ambulance avec Jacques, en promettant de nous appeler dès qu'il y aurait des nouvelles. Bess était même retournée en courant jusque devant chez moi pour récupérer son portable dans sa voiture : nous ne voulions pas manquer le coup de fil !

Simone était toujours en ville. René et Théo étaient revenus peu après le départ de l'ambulance. Nous les avions mis au courant des événements, et ils avaient patienté avec nous pendant un moment ; mais, trop préoccupés et trop inquiets pour tenir en place, ils avaient fini par entrer à l'intérieur pour aller chercher des boissons fraîches. En attendant qu'ils les rapportent, George, Bess et moi discutions de l'affaire.

– Il faut croire que Nancy avait vu juste, commenta Bess, jetant un coup d'œil à sa cousine. Il n'est pas impossible qu'on cherche à piéger Jacques !

– Effectivement, lâcha George en haussant les épaules. Mais, si on y réfléchit, ce serait aussi une super astuce pour détourner les soupçons, de la part d'un voleur intelligent.

Bess ricana :

– Ben voyons ! Se jeter du haut d'une échelle ? Franchement, je ne vois pas ce que ça a de si futé !

Je souris de les voir se chamailler tandis que

les idées se bousculaient dans mon esprit. Bess avait raison : nous étions en présence d'une nouvelle pièce du puzzle. Pouvais-je prouver que Jacques n'avait pas volé l'œuf de Fabergé ? Plus important encore : pouvais-je déterminer *qui* l'avait pris ?

Pianotant des doigts sur le bras de mon fauteuil en osier, je m'efforçai d'ignorer la douleur sourde de mon crâne, et je me concentrai de mon mieux.

— Il y a quelque chose qui m'échappe…, murmurai-je, plus pour moi-même que pour mes amies. Un indice, un élément que je ne me rappelle pas…

— Hé ! Regardez ! s'écria George, interrompant le cours de mes pensées. Voilà M. Geffington ! Il a dû entendre tout le remue-ménage.

Je levai les yeux. En effet, M. Geffington, venant de la rue, descendait l'escalier de Simone.

— Nancy ! s'exclama-t-il, se hâtant vers la véranda. Il paraît que tu as eu un accident devant chez moi, l'autre soir ? J'espère que tu vas bien !

— Très bien, dis-je. Désolée de n'avoir pu me consacrer à votre affaire de courgettes.

— Oh, je comprends ! D'ailleurs, je persiste à

croire que Safer est derrière les deux incidents. Tu sais comment sont les gens qui ont tendance à dramatiser. Ils sont plutôt rancuniers !

Il ricana en désignant la villa de son voisin.

— Une minute ! fis-je, me pénétrant de ce qu'il venait de dire. Vous avez parlé de *deux* incidents ? Il s'est encore passé quelque chose dans votre jardin, monsieur Geffington, en dehors de l'acte de vandalisme de mardi dernier ?

— Eh bien, oui. Après le premier massacre, j'ai planté d'autres courgettes qui venaient bien. Mais le voyou a encore frappé ! J'ai trouvé des restes sur mon escalier dimanche matin ! s'écria-t-il en serrant les poings avec indignation et colère. Après avoir piétiné toutes les plantes, il s'est essuyé les pieds en sortant, rien que pour me faire enrager !

Il y eut comme un déclic dans ma tête.

— Dimanche matin ? répétai-je. Vous avez trouvé… euh… des restes de courgettes dans votre escalier dimanche matin ? Vous parlez des marches qui mènent au trottoir, c'est ça ?

— Évidemment ! répondit M. Geffington d'un ton quelque peu irrité. Tu n'imagines tout de même pas que le vandale s'est introduit chez moi par effraction et qu'il a étalé du jus de courgettes gluant et poisseux de haut en bas de mon escalier !

Bess pouffa. De mon côté, j'additionnais enfin deux et deux ! Des traces de courgettes gluantes. Sur les marches en ciment. Si M.Geffington les y avait découvertes dimanche matin, cela signifiait que le massacreur de légumes avait encore frappé le...

– *Samedi soir*, lâchai-je. Au bon moment pour que je glisse sur ces marches.

George m'entendit et me décocha un regard interdit.

– Attends un peu ! fit-elle. Est-ce que tu veux bien dire ce que je pense que tu dis ?

J'acquiesçai.

– Jacques n'avait rien à voir avec ma chute. Ni lui, ni le voleur de l'œuf, ni qui que ce soit d'autre ! J'ai juste glissé sur...

– ... des courgettes ! achevâmes-nous en chœur.

M. Geffington parut interloqué :

– Pardon, mais de quoi parlez-vous ? Qui est Jacques ? Et qu'est-ce que les œufs viennent faire là-dedans ?

– Oh, c'est une assez longue histoire..., commençai-je.

À cet instant, René et Théo sortirent sur la véranda. Théo portait avec précaution un plateau encombré de verres, tandis que René tenait une carafe de citronnade.

— Du nouveau ? demanda René en jetant un coup d'œil vers le mobile de Bess.

— Pas encore.

Je leur présentai M. Geffington, qui bavarda poliment avec eux un moment, puis s'excusa.

— Si je veux avoir des courgettes cet été, je ferais bien de retourner à la jardinerie, dit-il, hochant la tête d'un air désolé avant de s'éloigner en hâte.

Soudain, une version stridente du thème de *Star Wars* retentit. Bess décocha un regard noir à sa cousine en saisissant son téléphone portable, posé sur la balustrade.

— Tu as encore reprogrammé ma sonnerie, hein ? Ah, c'est malin !

— Réponds, au lieu de râler ! s'esclaffa George.

Bess s'exécuta, prêtant attention à son interlocuteur. Nous guettions ses réactions avec inquiétude. Je pouvais percevoir le faible écho de la voix à l'autre bout du fil. On aurait dit Pierre — et il semblait très excité. Était-ce par une bonne ou une mauvaise nouvelle ? Je retins mon souffle.

Enfin, le ravissant visage de Bess s'éclaira.

— Ah, tant mieux ! C'est super ! s'exclama-t-elle. Merci de nous avoir avertis, Pierre. J'annonce tout de suite ça aux autres. Transmets nos meilleurs vœux de rétablissement à Jacques et dis-lui qu'on lui rendra visite !

Elle raccrocha et eut un large sourire.

– Alors ? fit George avec impatience. Ne nous laisse pas sur le gril !

– Comment va-t-il ? demanda René.

– Il se remettra. Selon le médecin, il a eu beaucoup de chance. Il est secoué et il a des contusions, mais rien de grave au total. Ils vont sans doute le libérer d'ici une heure ou deux.

– C'est génial ! s'écria Théo.

– Oui, approuva Bess, rayonnante. Pierre était drôlement soulagé ! Il hurlait presque dans le téléphone.

Je hochai la tête. À en juger par ce que j'avais vu jusqu'ici, Pierre était du genre impulsif et théâtral. Il en faisait toujours des tonnes. Pendant que nous attendions l'ambulance, il avait paru plus bouleversé que Jacques lui-même !

René se mit à servir la citronnade dans les verres que Théo avait disposés sur une petite table en osier.

– Ça mérite un toast, non ? lança-t-il en tendant le premier verre à Bess avec une petite courbette. À Jacques !

– À J... Zut et rezut ! m'interrompis-je, repérant la silhouette qui longeait le trottoir en se hâtant vers la maison de Simone.

Le groupe suivit mon regard.

– Qui est-ce ? demanda Théo. Elle se dirige par ici, on dirait.

– C'est Hannah Gruen, ma gouvernante.

Au même instant, Hannah m'aperçut et sa mine s'allongea.

– Et ça m'étonnerait qu'elle vienne réclamer de la citronnade ! conclus-je.

***

Je passai au lit l'heure suivante, après avoir été sévèrement réprimandée par Hannah parce que j'étais « sortie vagabonder » au lieu de me reposer. En fait, elle était tombée sur Mme Zucker dans une boutique, et celle-ci lui avait raconté ce qui venait d'arriver chez Simone. Aussitôt, Hannah était revenue me chercher.

Je ne pouvais pas la blâmer de se faire du souci pour moi ! Mais j'étais très déçue de manquer une fois de plus une occasion de bavarder avec René et Théo. Je ne savais presque rien à leur sujet, ils restaient un vrai mystère pour moi. L'un d'eux avait-il une raison de voler l'œuf ? Je n'en avais aucune idée !

Heureusement, Bess et George m'avaient promis de s'improviser détectives encore une fois. Nous avions eu un bref conciliabule avant qu'Hannah ne m'entraîne : elles devaient rester chez Simone pour découvrir le plus de choses possible sur les deux Français, et venir me rapporter ce qu'elles auraient appris.

Si je ne pouvais pas être avec elles pour les aider, je ne cessais pas pour autant de réfléchir à l'affaire ! Elle m'obsédait ! Allongée sur mon lit, je fixais le plafond, tout en tournant et retournant dans mon esprit les faits et les conjectures. Je réexaminai tout ce que je savais sur les personnes impliquées dans le vol et sur les détails du délit. Une fois de plus, je réfléchis aux mobiles éventuels. Qu'est-ce qui avait pu pousser un ami de Simone à lui voler un joyau de valeur, et qui lui était cher ?

Pendant un moment, je repensai à Jacques, trop pauvre pour payer entièrement son billet d'avion. Je me trompais peut-être à son sujet ? Après tout, je ne le connaissais pas très bien !

L'œuf de Fabergé s'était trouvé à portée de main, tentateur… « Cette opportunité a-t-elle suffi à constituer un mobile ? » me demandai-je, mal à l'aise. C'était une occasion en or…

Je me redressai soudain sur mon séant, réalisant qu'il y avait un élément que je n'avais pas pris en considération. Et, au moment où on frappait à la porte de ma chambre, il y eut comme un déclic dans mon esprit. Ça y est, j'avais pigé ! Je tenais la réponse !

— Salut ! lança Bess en entrant avec George. Tu as l'air enchantée, dis donc ! Tu as un peu moins mal à la tête, c'est ça ?

— Un peu, dis-je en souriant. Alors, qu'est-ce que vous avez déniché ?

George se laissa tomber sur le bord de mon lit en lâchant :

— Pas grand-chose. Mais nous avons eu la confirmation que Jacques n'a pas les moyens d'acheter une voiture de sport. Il ne peut même pas s'offrir un ticket de bus ! Théo en est resté baba quand je lui ai rapporté ce qu'il t'avait dit.

— En tout cas, souligna Bess en se rengorgeant, il nous a aussi expliqué que, lorsque Jacques flashe sur une fille, il a tendance à inventer des histoires délirantes pour l'impressionner. Alors, je crois que ma théorie était la bonne !

George lui décocha un coup d'œil :

— Ouais. Eh bien, puisqu'on en est aux amoureux transis, ça n'aurait pas été plus mal que René arrête de te regarder avec des yeux de merlan frit pendant qu'on essayait de le faire parler !

Elle se tourna vers moi en haussant les épaules :

— Il n'y a pas eu moyen d'en tirer quelque chose de sensé !

— Aucune importance, assurai-je. Je n'ai pas arrêté de réfléchir à l'affaire. Et je sais qui a volé l'œuf de Fabergé.

12. Démasqués !

Bess et George me dévisagèrent un instant d'un air interdit.

– Hein? grogna enfin George.

Je souris de voir leur expression stupéfaite, puis lâchai :

– J'ai passé un temps fou à m'interroger sur le mobile alors que j'aurais dû prendre en compte un autre élément ; une fois que je m'en suis avisée, tout est devenu hyper simple ! Il fallait considérer *l'occasion*.

– L'occasion? répéta Bess, déconcertée. Elle a été la même pour tout le monde, non ? Ils se trouvaient tous dans la maison avant le vol, OK ?

– Exact, confirmai-je. Venez, je vous expliquerai tout en allant chez Simone. Je veux retourner là-bas, j'ai besoin de confirmer un ou deux trucs.

– Tu crois qu'Hannah t'autorisera à sortir ?

– Il n'y a qu'un seul moyen de le savoir, Bess, fis-je en haussant les épaules.

Par miracle, je réussis à convaincre Hannah. Elle me connaît bien, elle sait que, lorsque je suis sur une affaire, je n'arrive à penser à rien d'autre tant que le mystère n'est pas résolu. Je lui précisai pourquoi je voulais me rendre chez Simone, et elle se contenta de soupirer en faisant un petit signe, comme pour dire : « C'est bon, vas-y, puisque tu y tiens… »

– Tâche quand même de ne pas te casser encore la figure ou Dieu sait quoi ! me lança-t-elle pendant que je gagnais le seuil avec George et Bess.

– Promis !

***

Théo et René parurent surpris de nous revoir. Simone était rentrée, et ils l'avaient mise au courant de la mésaventure de Jacques. Pierre était encore à l'hôpital avec son copain ; mais il

avait téléphoné pour annoncer qu'ils ne tarde-
raient pas à être de retour.

Après avoir pris connaissance des dernières
nouvelles de la bonne santé de Jacques, je
demandai à Simone, à Théo et à René de bien
vouloir s'installer avec nous dans le séjour.

— Je crois avoir compris ce qui est arrivé à
ton œuf de Fabergé, annonçai-je à Simone.

Elle en eut le souffle coupé.

— Vraiment ? s'écria-t-elle. Comment ça,
Nancy ? Je t'en prie, dis-moi où il est !

— Tu le sauras dans une minute. D'abord,
j'aimerais poser une ou deux questions.

Je commençai par expliquer comment nous
avions un moment soupçonné Jacques, mes
amies et moi.

— Maintenant, je suis sûre qu'il n'a pas pu
commettre le vol. En tout cas, pas dans les
conditions où ça s'est produit. Selon vos
diverses déclarations, il ne s'est jamais trouvé
seul dans la maison avant la disparition de
l'œuf. Vous nous avez raconté que vous étiez
ressortis presque aussitôt après être arrivés,
continuai-je en me tournant vers René et Théo.
Vous n'avez fait qu'une chose avant : monter
vos bagages à l'étage. Et vous l'avez fait tous
les trois ensemble, c'est bien ça ?

Théo acquiesça.

– Est-ce que Pierre vous a accompagnés ?

– Non, glissa René. Il nous a juste indiqué l'escalier. Nous sommes montés et nous avons trouvé tout seuls la chambre d'amis, pendant qu'il rédigeait en bas un petit mot à Simone, pour l'avertir qu'on allait se balader.

Je hochai la tête, cela ne me surprenait pas.

– Donc, le seul d'entre vous qui se soit trouvé au rez-de-chaussée entre le départ de Simone et votre retour, au moment où vous avez découvert la disparition de l'œuf, c'est…

– Pierre ! acheva Simone à ma place.

Et elle devint très pâle.

– Mais nous ne sommes restés qu'un instant là-haut ! s'exclama René. Juste le temps de poser nos bagages dans la chambre et d'aller aux toilettes !

– C'était amplement suffisant, soulignai-je. Je suis sûre que Pierre savait précisément où trouver la clef de la vitrine – Simone ne l'avait pas réellement dissimulée. Il n'avait qu'à ouvrir le meuble, saisir l'œuf et le planquer quelque part en vue de le récupérer plus tard. Et puis essuyer ses empreintes.

Simone se leva, les traits tirés, l'air sombre.

– Tu veux dire que *Pierre* a pris l'œuf ? s'exclama-t-elle. Mais pourquoi ?

– Euh… je n'en suis pas entièrement sûre,

hésitai-je. J'ai une théorie à ce sujet...

Simone n'attendit pas de la connaître. Elle quitta aussitôt la pièce, et nous pûmes entendre ses pas précipités dans l'escalier, puis dans le couloir de l'étage. Un moment plus tard, elle était de retour.

George laissa échapper un soupir étranglé en désignant l'objet qu'elle tenait.

— L'œuf de Fabergé ! cria-t-elle.

Simone éleva le joyau entre ses mains tremblantes.

— Je l'ai trouvé dans le sac de Pierre... Je n'arrive pas à y croire...

Au même instant, la porte d'entrée s'ouvrit. Quelques secondes plus tard, Jacques entra dans le salon. Il avait des bandages aux bras et aux jambes, et une grande égratignure sur le front. À part ça, il semblait en parfaite santé.

— Salut tout le monde ! lança-t-il gaiement. Pierre est en train de garer la voiture. À l'hôpital, ils ont dit que je n'étais pas près d'être mort. Alors, ils m'ont renv...

Il s'interrompit tout net en apercevant soudain l'œuf de Fabergé que tenait Simone.

— Oh ! fit-il. Où l'as-tu trouvé ?

— Je crois que tu t'en doutes, intervins-je avec un sourire de sympathie. Tu savais que Pierre l'avait pris, n'est-ce pas ?

Jacques se troubla.

— Comment l'as-tu découvert ? dit-il en faisant un pas vers moi. J'étais pratiquement sûr que c'était lui ; je le connais bien, et il était clair qu'il n'était plus lui-même. L'ennui, c'est que je n'arrivais pas à trouver une preuve. Je n'ai pas réussi à jeter un coup d'œil dans sa chambre, elle était toujours fermée à clé. Passé le premier soir, je n'étais même pas certain que l'œuf était toujours en sa possession. Mais j'ai vérifié chez tous les antiquaires locaux et je n'en ai pas trouvé trace.

— Ha ! s'exclama George. Alors, c'est pour ça que tu es entré dans toutes ces boutiques d'antiquités, le jour où on t'a suivi !

Bess lui décocha un coup de coude.

— Tu veux dire le jour où on l'a rencontré *par hasard* en faisant du shopping.

L'ombre d'un sourire flotta sur le visage assombri de Jacques.

— Y a pas de souci. Je savais que vous me suiviez. J'aurais préféré que ce soit pour la raison que Bess m'a donnée... Ça ne m'aurait pas déplu que deux jolies Américaines soient follement amoureuses de moi !

— Désolée, murmura Bess, embarrassée. On voulait aider Nancy.

Cette fois, Jacques pouffa. Puis son expression redevint sérieuse alors qu'il reprenait, en regardant Simone :

– J'ai vite compris qu'un tel objet avait beaucoup trop de valeur pour être vendu dans une petite ville comme River Heights. J'en ai déduit que, si Pierre l'avait pris, il devait toujours se trouver dans la maison. C'est pour ça que je me suis porté volontaire pour grimper à l'échelle, aujourd'hui. Je pensais que ça me donnerait enfin une chance de fouiller sa chambre.

– Je crois que Pierre l'a réalisé quand il t'a vu en haut de l'échelle, dis-je.

Je marquai un temps d'arrêt, hésitant à continuer : j'étais certaine que la chute de Jacques n'avait rien d'accidentel. Pierre avait sans doute tiré d'un coup sec sur l'échelle pour provoquer la chute.

L'expression lugubre de Simone me révéla qu'elle l'avait déjà compris, alors je préférai garder le silence. Elle me faisait de la peine. Elle avait récupéré son héritage. Mais il devait être affreux pour elle de savoir que le coupable était son propre neveu !

Alors que je m'apprêtais à la réconforter, Pierre entra dans la pièce. Il demeura interdit en nous voyant tous réunis.

Puis il aperçut l'œuf et devint livide.

***

— Miam! dis-je en examinant les tranches de légumes en train de brunir sur le gril. Il reste encore des aubergines grillées?

— Ça vient! annonça Simone, souriante, en prenant un plateau de légumes émincés sur une table proche.

— Génial!

Je jetai un regard circulaire sur l'arrière-cour dégagée. Après le départ de Pierre, quelques jours plus tôt, Simone avait fait appel à une entreprise locale pour ôter les mauvaises herbes et remettre le jardin en état. Il avait belle allure, maintenant! Le potager à l'abandon était redevenu fertile, la roseraie enfouie dans la végétation avait été rendue à la vie, et la partie plane de la pelouse accueillait, en plus du gril et de la table de pique-nique, plusieurs chaises longues et bancs de bois. En ce moment, presque tous ces sièges étaient occupés par les nouveaux amis de Simone. Ned et Hannah étaient assis avec des voisins, des assiettes sur les genoux. Au fond, près du mur surplombant la rivière, mon père bavardait avec Mme Zucker; non loin, le petit Owen tapait dans un ballon de foot. M. Geffington et M. Safer se tenaient côte à côte, près du carré de courgettes aux tiges sinueuses.

George et Bess se rapprochèrent du gril.

– Un délice, ton barbecue, Simone ! lança George. Si tu continues à offrir des plats aussi bons, tes réceptions vont devenir les plus courues du quartier !

– Merci, George, dit en souriant Simone. Cette petite fête, c'est surtout pour vous remercier, toi, Bess et Nancy, de m'avoir épaulée la semaine dernière.

Elle m'adressa un coup d'œil.

– Je te suis très reconnaissante de ce que tu as fait pour récupérer l'œuf ! Et de m'avoir soutenu le moral.

– J'ai été ravie de t'aider, dis-je.

Je savais que Simone était toujours malheureuse à cause de son neveu. Une fois qu'il avait avoué le vol, Simone avait téléphoné aux parents de Pierre. En deux heures de temps, il s'était retrouvé dans un avion, en route pour la France – où l'attendait son père, très en colère. Simone avait décidé de ne pas porter plainte. Mais elle nous avait confié que son frère aîné – le père de Pierre – punirait très certainement son fils.

– C'est fou, quand même ! Comment Pierre a-t-il pu s'imaginer que l'œuf était une copie ? s'étonna George tout en prenant une lamelle de champignon grillée.

– C'est vrai, ça. Maintenant que tu en parles, enchérit Bess, je ne suis pas bien sûre d'avoir compris. Pourquoi a-t-il voulu voler un *faux* œuf de Fabergé ?

Tout en retournant les tranches de viande et de légumes en train de griller, Simone soupira.

– J'ai réfléchi à la question. Vous savez, André, le père de Pierre – mon frère aîné, donc –, est beaucoup plus âgé que moi. Je suis la benjamine de la famille. Et papa a toujours eu un faible pour moi, il faut l'admettre. Ça mettait André en colère. D'ailleurs, il n'a pas besoin de prétextes pour ça ! Il a un caractère de cochon, exactement comme notre père !

Je hochai la tête, précisant à George et Bess :

– Simone m'avait dit une fois que son père et celui de Pierre ne s'entendaient pas bien. Je voulais la questionner à ce sujet, mais ça m'est sorti de la tête.

George feignit l'étonnement.

– Nancy Drew, oublier de suivre une piste ? Est-ce possible ? s'exclama-t-elle malicieusement.

Je lui tirai la langue, puis je continuai :

– En tout cas, j'ai remarqué tout de suite que Pierre est très soupe au lait et très exalté. Vous vous souvenez de quelle manière il m'a rembarrée à la soirée, lorsqu'il a supposé que j'accusais ses copains ?

George hocha la tête :

– Je croyais que c'était parce qu'il avait mauvaise conscience...

– En partie, oui. Mais ça prouvait surtout qu'il ne réfléchit pas avant d'agir. C'est exactement ce qui s'est passé avec l'œuf de Fabergé. Il a su que Simone allait le faire estimer le lundi suivant, et il a sauté sur la première occasion de s'en emparer !

– Bien vu, approuva Bess. Ça colle avec ce que Simone nous a dit après la confession de Pierre, non ?

– Exact.

Simone nous avait expliqué que son frère André avait toujours escompté que leur père lui léguerait certains biens de famille, dont l'œuf de Fabergé.

– Tout ça paraît tellement absurde ! soupira Simone. Quand papa est mort, il y a dix ans, il m'avait déjà donné l'œuf, parce que j'étais sa petite préférée. Maman savait qu'André voulait l'avoir, même s'il a toujours été trop fier pour l'admettre. Elle a fait réaliser une réplique à son intention pour que nous ayons chacun un œuf... Je crois que ce pauvre André a toujours été très malheureux de s'être tellement disputé avec papa. Après sa disparition, il ne m'a pas une seule fois laissée soupçonner qu'il voulait l'original. D'ailleurs, il a conservé précieusement le faux parce que c'était un souvenir de papa – et il n'a jamais dit à personne que c'était une copie.

– Que c'est triste ! commenta Bess. Mais… si je comprends bien, Pierre a toujours cru que son père détenait le vrai œuf de Fabergé ?

Simone acquiesça en testant d'un léger coup de fourchette la cuisson d'une rondelle d'oignon.

– En fait, André lui a dit, quand il était encore petit garçon, qu'il m'avait volé l'œuf et lui avait substitué une copie qu'il avait fait exécuter. Pourquoi est-il allé inventer une histoire pareille ? Par orgueil, j'imagine. De la même manière, c'est par amour-propre que Pierre a volé l'œuf. Il voulait préserver la réputation d'André en empêchant l'estimation. Il croyait que je soupçonnerais mon frère si l'expert m'apprenait que mon œuf était un faux. Il était prêt à piéger ses amis et même à envoyer Jacques à l'hôpital pour protéger l'honneur de son père !

Elle secoua la tête d'un air dépassé :

– Il n'avait sans doute pas réalisé, je suppose, que j'avais déjà fait estimer le vrai

Fabergé à Paris. Ou alors il a cru que cette estimation avait eu lieu avant que son père fasse la prétendue substitution. Je n'en sais rien. Je le lui demanderai un jour…

Je restai songeuse. Les mobiles des gens qui commettent une mauvaise action sont souvent très simples : prendre de l'argent, se venger, ou encore se libérer de quelque chose… Cette affaire m'avait appris qu'on pouvait rencontrer aussi des mobiles plus complexes. Je n'aurais jamais pu déduire que Pierre était coupable si je m'en étais tenue à l'examen du mobile – il m'aurait fallu pour ça beaucoup plus d'informations que je n'en avais eu sur le moment ! Par chance, j'avais réussi à comprendre de quoi il retournait en examinant les circonstances du vol – *l'occasion* – en même temps que l'éventuel mobile qui avait pu le susciter…

George demanda avec curiosité :

– À propos, Simone, tu as montré ton Fabergé à l'expert ?

– Oui. Et il n'a aucun doute. Il s'agit bien d'une pièce authentique ! Au fait, j'ai acheté une vitrine mieux protégée contre le vol… On ne sait jamais !

– Excellente idée ! approuva Bess. Jacques doit être très en colère contre Pierre, non ? Il a cherché à diriger les soupçons sur lui, et après il l'a fait tomber de l'échelle !

– Oui, quelle honte ! murmura Simone d'un air triste. Jacques en a gros sur le cœur, c'est sûr. Ils étaient amis depuis si longtemps… J'espère que les choses finiront par s'arranger entre eux !

À ce moment-là, M. Geffington et M. Safer se dirigèrent vers le gril avec leurs assiettes en carton vides. Je me réjouis de les voir bavarder avec complicité.

« Eux, au moins, ils ont fait la paix ! » pensai-je. Je n'aurais pas donné cher de leur amitié une semaine plus tôt, et pourtant elle était sauvée. Heureusement !

– Dépêchons-nous de remettre des courgettes sur le gril ! dis-je à Simone pendant qu'ils s'approchaient. M. Geffington va sûrement dévorer tous tes beignets, vu qu'il n'y a pas de courgettes dans son jardin ! Tant que ses nouveaux plants n'auront pas donné de fruits…

Bess pouffa :

– Cette fois, il n'aura plus à s'inquiéter de les voir écrabouillées ! Puisque tu as enfin épinglé le coupable, Nancy !

– Justement, j'y pense…, fit soudain Simone. Vous pourriez surveiller le gril un moment, les filles ? J'ai quelque chose en train de cuire à l'intérieur, et ça devrait être prêt.

– On s'en occupe ! répondîmes-nous en chœur.

Pendant quelques minutes, nous nous affairâmes à servir M. Geffington, M. Safer et d'autres invités.

Tandis que je retournais des tranches d'aubergine grillées, le chef McGinnis m'aborda.

– Tiens, tiens, mademoiselle Drew ! fit-il avec un petit sourire qui n'avait rien de ravi. Je discutais avec ton père, et il m'a appris que tu as résolu notre petit problème légumier !

Je savais très bien pourquoi le chef de la police n'était pas particulièrement content de moi. Non seulement j'avais réglé l'affaire de l'œuf disparu avant que ses agents aient déniché la moindre piste, mais j'avais aussi percé l'énigme des courgettes à son nez et à sa barbe ! Pour ce qui était des courgettes, il s'en fichait sûrement – il devait penser, comme papa, que c'était beaucoup de bruit pour rien. Ce qui lui déplaisait, c'était que M. Geffington avait parlé de moi en termes très flatteurs au correspondant du journal local qui l'avait interviewé – et il n'avait pas cité une seule fois les forces de police !

« Essayons de l'amadouer », pensai-je. Après tout, on ne savait jamais, je pourrais avoir besoin de son aide dans une autre affaire... Alors je m'efforçais toujours de me mettre dans ses petits papiers dès que l'occasion s'en présentait.

– Résolu… résolu… Si on veut ! dis-je. C'était pratiquement par accident, en fait.

– C'est le cas de le dire ! glissa opportunément George. Elle a résolu le mystère sur un coup de tête !

– Je vois, lâcha le chef.

De toute évidence, il ne voyait rien du tout ! Le prenant en pitié, Bess expliqua :

– Nancy a dérapé dans l'escalier de M. Geffington, samedi dernier. On a cru que le voleur de l'œuf l'avait poussée, parce qu'elle n'est pas du tout maladroite, d'habitude. Mais, un ou deux jours plus tard, M. Geffington nous a appris que l'écrabouilleur de courgettes avait encore frappé samedi soir, et qu'il avait dû nettoyer des débris de courgettes visqueux sur les marches de son escalier. Alors, nous avons réalisé que Nancy avait glissé sur ces restes gluants.

– Mmm… mm…, marmonna le chef McGinnis, qui semblait toujours aussi perplexe. Mais euh…

Il ne saisissait toujours pas comment j'avais compris qui était l'écrabouilleur de courgettes, c'était clair ! Je précisai alors :

– Ensuite, il m'a suffi d'additionner deux et

deux ! Vous comprenez, quand Jacques, l'ami de Simone, est tombé de l'échelle, la maison était fermée de l'intérieur. Alors, j'ai dû courir demander de l'aide de l'autre côté de la rue. Mme Zucker travaille chez elle, donc je suis allée directement là-bas. Le petit Owen se trouvait dans l'allée avec sa batte de base-ball, qu'il m'a confiée avant de courir chercher sa mère. Sur le coup, j'y ai à peine prêté attention ; plus tard, je me suis souvenue que le manche était poisseux et glissant – pile la description que M. Geffington avait donnée de son escalier !

Le chef ne semblant pas plus avancé pour autant, George souligna :

– Et, là, elle a pigé que la batte d'Owen était, euh… l'arme du crime, si on peut dire.

J'étais assez fière de cette déduction, même si je regrettais de ne pas l'avoir faite plus tôt ! Pourtant, avec toute l'émotion provoquée par la disparition de l'œuf de Fabergé, il n'était pas surprenant que l'affaire des courgettes soit passée au second plan… Quoi qu'il en soit, dès que j'avais pris en compte le détail de la batte poisseuse, tout avait commencé à s'enclencher dans mon esprit. Le jour de notre visite chez Mme Mahoney, Ellen Zucker avait affirmé que son petit garçon détestait les courgettes. Lorsque j'étais avec Ned au restaurant de Susie

Lin, celle-ci aussi nous avait parlé du cirque que lui avaient fait Owen et ses copains parce qu'il y avait des beignets de courgettes au menu. De plus, personne n'ignorait, dans le quartier, que Mme Zucker était allée de maison en maison pendant toute la semaine afin de collecter des fonds pour la fête d'Anvil Day. Pendant qu'elle discutait à l'intérieur avec ses voisins, dehors, Owen détruisait avec sa batte tous les spécimens du légume haï. M. Safer avait d'ailleurs mentionné qu'il avait vu le petit garçon avec sa batte le soir où le jardin de M. Geffington avait été dévasté.

J'avais fait part de mes soupçons à Mme Zucker, et celle-ci avait espionné Owen. Elle n'avait pas tardé à le prendre sur le fait, confirmant mon hypothèse. Elle s'était excusée auprès de M. Geffington et des autres voisins vandalisés. Bradley Geffington s'était à son tour excusé auprès d'Harold Safer. Quant à Owen, il avait été puni comme il le méritait : sa mère l'avait privé de télé et de rab de dessert pendant un mois ! Par chance, le carré de courgettes de Simone prospérait suffisamment pour approvisionner tout le quartier.

– Bref, tout est bien qui finit bien, conclus-je d'un ton léger en jetant un coup d'œil vers Owen.

Il ne quittait pas d'une semelle sa mère, qui s'approchait en ce moment du buffet des boissons. J'avais déjà remarqué qu'il la suivait de près, et je devinai qu'elle lui avait donné l'ordre formel de ne pas s'écarter hors de vue...

— C'est plutôt rigolo, non, s'esclaffa Bess, maintenant qu'on sait ce qui s'est passé ?

— Hum, toussota le chef McGinnis, qui n'avait pas du tout l'air de trouver ça drôle. J'espère que ce galopin a retenu la leçon !

— J'en suis certaine, affirmai-je poliment, en me retenant de rire jusqu'à ce qu'il se fût éloigné.

Quelques instants plus tard, alors que Bess, George et moi bavardions avec Mme Zucker, Simone émergea de la maison, lestée d'un grand plateau où s'amoncelaient des piles de grosses crêpes d'un jaune clair mêlé de vert.

Elle vint le déposer sur la table de pique-nique.

— Ma parole, mais ce sont..., commença Bess.

— Oui, la coupa Simone avec un clin d'œil. Je tiens la recette de Susie Lin en personne. Chut !

Elle demanda d'une voix sonore :

— Ça te tente, Owen ? Tu vas aimer ça, tu verras.

Mme Zucker jeta un coup d'œil vers le plateau et émit un petit rire. Elle se garda cependant de piper mot tandis que Simone déposait un beignet sur une assiette :

— Et voilà, Owen ! Goûte un peu, tu m'en diras des nouvelles !

Owen lorgna l'assiette qu'elle lui tendait, examinant le beignet d'un air soupçonneux.

— Qu'est-ce que c'est ? demanda-t-il enfin.

— Un paillasson de pommes de terre, déclara George. Pas vrai, les copains ?

Simone acquiesça en souriant, et nous nous empressâmes tous de hocher la tête. Owen leva les yeux vers sa mère.

— Allons, vas-y, goûte, l'encouragea-t-elle. Tu aimes les pommes de terre, non ?

Owen porta précautionneusement le beignet à sa bouche. Il en coupa un tout petit morceau avec ses dents, qu'il mâcha avec soin. Puis il prit un morceau plus gros.

— Mmmiam, marmonna-t-il, la bouche pleine. J'adore les pommes de terre ! Dis, Simone, je peux en avoir encore, s'il te plaît ?

Toutes les grandes personnes éclatèrent de rire. Owen ne se doutait sûrement pas de ce qui provoquait leur hilarité ! Mais je parie qu'il s'en moquait pas mal. Il était trop occupé à engloutir ses beignets de courgettes !

Et voici une autre aventure
de Nancy Drew
dans
SEULE FACE AU DANGER

1. Abandonnée dans le ruisseau

Je m'appelle Nancy Drew et, quand je joue, c'est pour gagner ! Attention, ça ne signifie pas que je suis prête à écraser tout le monde pour avoir le dessus ! Lorsque je m'implique, je vais jusqu'au bout, c'est tout.

Enfin, les choses ne sont pas toujours aussi simples… Il arrive qu'une règle l'emporte sur une autre. Comme le week-end dernier, pendant le rallye cycliste caritatif de River Heights, *Coureurs de fonds*.

Je suis détective amateur et, dans ce domaine, ma règle de conduite, c'est: «L'affaire passe avant tout, Nancy !» Alors, j'avais beau être le sprinter de notre équipe et être censée nous faire franchir en tête la ligne d'arrivée, je…

Ça y est, je brûle les étapes ! C'est toujours comme ça : je m'emballe… Bon, je reviens en arrière et je reprends à partir du début – au moment où les problèmes ont commencé !

J'habite River Heights, une petite cité du Middle West sur la Muskoka River. À première vue, on dirait un de ces patelins endormis où, en été, les habitants paressent sur leurs vérandas en sirotant de la limonade et en caressant leurs chiens. Mais, en fait, c'est un endroit animé, et on y rencontre un tas de gens intéressants.

Tous les ans, *Coureurs de fonds* récolte beaucoup d'argent pour *Le cœur sur la main*, une association d'entraide pour ceux qui ont du mal à joindre les deux bouts. En ville, chacun y contribue d'une façon ou d'une autre. C'est même devenu une manifestation importante, étalée sur deux jours.

Cette année, mes coéquipiers étaient Bess Marvin, George Fayne – mes meilleures amies – et mon copain, Ned Nickerson.

Le soir précédant la course, nous avions rencontré les cinq formations concurrentes au CarboCram, le palais des congrès du centre-ville.

Extrait

Je portais mon pull porte-bonheur. À l'origine, il était bleu azur, une de mes couleurs préférées. C'est Bess qui m'a aidée à le choisir, il y a des années. Selon elle, il va bien avec mes yeux bleus et avec mes cheveux, qui ont cette couleur particulière que les gens appellent «blond vénitien». Contrairement à Bess, je n'accorde pas une grande importance à ce genre de choses, même si je n'ai rien contre la mode. En réalité, j'aime ce pull parce que sa laine est douce, et que je me sens bien dedans! Et puis, surtout, c'est mon fétiche: je l'ai mis avant plusieurs compétitions auxquelles j'ai participé, et il m'a chaque fois porté chance. Alors, pour respecter cette tradition – ou par superstition... –, je l'arborais ce soir-là au CarboCram.

On nous avait invités à déguster un bon plat de pâtes, des légumes et des fruits. Mais nous étions aussi venus nous procurer la documentation sur la compétition, remettre aux organisateurs la liste des promesses de dons et l'argent déjà récolté... et jauger la concurrence!

Les équipes avaient demandé à leurs amis, leurs parents, leurs voisins, et aux autres habitants de River Heights, de miser sur leurs performances dans la course. Les supporters avaient mis la main à leur porte-monnaie ; de plus, ils promettaient de verser une certaine somme pour chaque kilomètre franchi par l'équipe qu'ils avaient choisie ; et ils ajouteraient un bonus si elle se classait première, deuxième ou troisième. *Le cœur sur la main* recevrait l'ensemble des gains ainsi réunis.

Bess, George et moi, on s'attabla pour manger nos spaghettis. Quant à Ned, il était en retard...

— On aura des centaines de dollars de plus que l'année dernière ! annonça Bess en nous montrant le contenu de son enveloppe.

Elle n'a aucun mal à récolter de l'argent ! Blonde aux yeux bleus, elle a des cheveux ondulés, des cils ultra longs, des dents magnifiques et un nez parfait. Bref, elle possède le genre de beauté qui d'habitude provoque la jalousie... Sauf que Bess est si sympa et si naturelle que tout le monde l'adore. Ceux qui ne la trouvent pas géniale ne la connaissent tout simplement pas encore !

— Les gens ont été très généreux, observa George. Cette année, *Coureurs de fonds* devrait battre son record !

Extrait

George s'appelle en réalité… Georgia, mais elle préfère son surnom. Elle et Bess sont cousines. On ne le devinerait jamais, à les voir ! Elles n'ont rien en commun – leur amitié avec moi mise à part, bien sûr. George est brune, avec des yeux et des cheveux foncés, et elle est beaucoup plus grande et plus mince que Bess. La championne sportive, c'est elle. Bess se situe plutôt dans la catégorie des supporters. C'est pourquoi George allait être notre leader dans le rallye cycliste. Quant à Bess, elle était chargée de la logistique et conduirait le camion d'accompagnement.

À suivre dans *Seule face au danger,*
Nancy Drew Détective n° 2

Impression réalisée sur CAMERON par

BRODARD & TAUPIN

GROUPE CPI

La Flèche

en mars 2006

Imprimé en France
N° d'impression : 34557